MARIO BENEDETTI

La tregua

punto de lectura

LA TREGUA
D. R. © Mario Benedetti, 1960

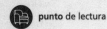 **punto** de lectura

De esta edición:
D. R. © Suma de Letras, S.A. de C.V., 1998
Av. Universidad 767, Col. del Valle
México, 03100, D.F.
www.puntodelectura.com.mx

Primera edición en Punto de Lectura: abril de 2001
Tercera reimprsión: abril de 2002

ISBN: 970-710-003-6

D. R. © Diseño de cubierta: Fernando Ruiz Zaragoza

Impreso en México

MARIO BENEDETTI

La tregua

Mi mano derecha es una golondrina
Mi mano izquierda es un ciprés
Mi cabeza por delante es un señor vivo
Y por detrás es un señor muerto.

Vicente Huidobro

Lunes 11 de febrero

Sólo me faltan seis meses y veintiocho días para estar en condiciones de jubilarme. Debe hacer por lo menos cinco años que llevo este cómputo diario de mi saldo de trabajo. Verdaderamente, ¿preciso tanto el ocio? Yo me digo que no, que no es el ocio lo que preciso sino el derecho a trabajar en aquello que quiero. ¿Por ejemplo? El jardín, quizá. Es bueno como descanso activo para los domingos, para contrarrestar la vida sedentaria y también como secreta defensa contra mi futura y garantizada artritis. Pero me temo que no podría aguantarlo diariamente. La guitarra, tal vez. Creo que me gustaría. Pero debe ser algo desolador empezar a estudiar solfeo a los cuarenta y nueve años. ¿Escribir? Quizá no lo hiciera mal, por lo menos la gente suele disfrutar con mis cartas. ¿Y eso qué? Imagino una notita bibliográfica sobre «los atendibles valores de ese novel autor que roza la cincuentena» y la mera posibilidad me causa repugnancia. Que yo me sienta, todavía hoy, ingenuo e inmaduro (es decir, con sólo los defectos de la juventud y casi ninguna de sus virtudes) no significa que tenga el derecho de exhibir esa ingenuidad y esa inmadurez. Tuve una prima soltera que cuando hacía un postre lo mostraba a todos, con una sonrisa melancólica y pueril que le había quedado prendida en los labios desde la época en que hacía méritos frente al novio motociclista que después se mató en una de nuestras tantas Curvas de la Muerte. Ella vestía correctamente, en un todo de acuerdo con sus cincuenta y tres; en eso y lo demás era discreta, equilibrada, pero aquella sonrisa reclamaba, en cambio, un acompañamiento de labios frescos, de piel rozagante, de piernas torneadas, de veinte años. Era un gesto patético, sólo eso, un gesto que no llegaba nunca a parecer ridículo, porque en aquel rostro había, además, bondad. Cuántas palabras, sólo para decir que no quiero parecer patético.

Viernes 15 de febrero

Para rendir pasablemente en la oficina, tengo que obligarme a no pensar que el ocio está relativamente cerca. De lo contrario, los dedos se me crispan y la letra redonda con que debo escribir los rubros primarios me sale quebrada y sin elegancia. La redonda es uno de mis mejores prestigios como funcionario. Además, debo confesarlo, me provoca placer el trazado de algunas letras como la M mayúscula o la b minúscula, en las que me he permitido algunas innovaciones. Lo que menos odio es la parte mecánica, rutinaria, de mi trabajo: el volver a pasar un asiento que ya redacté miles de veces, el efectuar un balance de saldos y encontrar que todo está en orden, que no hay diferencias a buscar. Ese tipo de labor no me cansa, porque me permite pensar en otras cosas y hasta (¿por qué no decírmelo a mí mismo?) también soñar. Es como si me dividiera en dos entes dispares, contradictorios, independientes, uno que sabe de memoria su trabajo, que domina al máximo sus variantes y recovecos, que está seguro siempre de dónde pisa, y otro soñador y febril, frustradamente apasionado, un tipo triste que, sin embargo, tuvo, tiene y tendrá vocación de alegría, un distraído a quien no le importa por dónde corre la pluma ni qué cosas escribe la tinta azul que a los ocho meses quedará negra.

En mi trabajo, lo insoportable no es la rutina; es el problema nuevo, el pedido sorpresivo de ese Directorio fantasmal que se esconde detrás de actas, disposiciones y aguinaldos, la urgencia con que se reclama un informe o un estado analítico o una previsión de recursos. Entonces sí, como se trata de algo más que rutina, mis dos mitades deben trabajar para lo mismo, ya no puedo pensar en lo que quiero, y la fatiga se me instala en la espalda y en la nuca, como un parche poroso. ¿Qué me importa la ganancia probable del rubro Pernos de Pistón en el segundo semestre del penúltimo ejercicio? ¿Qué me importa el modo más práctico de conseguir el abatimiento de los Gastos Generales?

Hoy fue un día feliz; sólo rutina.

Lunes 18 de febrero

Ninguno de mis hijos se parece a mí. En primer lugar, todos tienen más energías que yo, parecen siempre más decididos, no están acostumbrados a dudar. Esteban es el más huraño. Todavía no sé a quién se dirige su resentimiento, pero lo cierto es que parece un resentido. Creo que me tiene respeto, pero nunca se sabe. Jaime es quizá mi preferido, aunque casi nunca pueda entenderme con él. Me parece sensible, me parece inteligente, pero no me parece fundamentalmente honesto. Es evidente que hay una barrera entre él y yo. A veces creo que me odia, a veces que me admira. Blanca tiene por lo menos algo de común con-

migo: también es una triste con vocación de alegre.
Por lo demás, es demasiado celosa de su vida propia,
incanjeable, como para compartir conmigo sus más ar-
duos problemas. Es la que está más tiempo en casa
y tal vez se sienta un poco esclava de nuestro desorden,
de nuestras dietas, de nuestra ropa sucia. Sus relaciones
con los hermanos están a veces al borde de la histe-
ria, pero se sabe dominar y, además, sabe dominarlos
a ellos. Quizá en el fondo se quieran bastante, aunque
eso del amor entre hermanos lleve consigo la cuota de
mutua exasperación que otorga la costumbre. No, no
se parecen a mí. Ni siquiera físicamente. Esteban
y Blanca tienen los ojos de Isabel. Jaime heredó de
ella su frente y su boca. ¿Que pensaría Isabel si pudiera verlos hoy, preocupados, activos, maduros? Tengo una pregunta mejor: ¿qué pensaría yo, si pudiera
ver hoy a Isabel? La muerte es una tediosa experiencia; para los demás, sobre todo para los demás. Yo
tendría que sentirme orgulloso de haber quedado viudo
con tres hijos y haber salido adelante. Pero no me siento
to orgulloso, sino cansado. El orgullo es para cuando
se tienen veinte o treinta años. Salir adelante con mis
hijos era una obligación, el único escape para que la
sociedad no se encarara conmigo y me dedicara la mirada inexorable que se reserva a los padres desalmados.
No cabía otra solución y salí adelante. Pero todo fue
siempre demasiado obligatorio como para que pudiera
sentirme feliz.

Martes 19 de febrero

A las cuatro de la tarde me sentí de pronto insoportablemente vacío. Tuve que colgar el saco de lus-
trina y avisar en Personal que debía pasar por el Banco
República para arreglar aquel asunto del giro. Mentira.

Lo que no soportaba más era la pared frente a mi escritorio, la horrible pared absorbida por ese tremendo almanaque con un febrero consagrado a Goya. ¿Qué hace Goya en esta vieja casa importadora de repuestos de automóviles? No sé qué habría pasado si me hubiera quedado mirando el almanaque como un imbécil. Quizá hubiera gritado o hubiera iniciado una de mis habituales series de estornudos alérgicos o simplemente me hubiera sumergido en las páginas pulcras del Mayor. Porque ya he aprendido que mis estados de preestallido no siempre conducen al estallido. A veces terminan en una lúcida humillación, en una aceptación irremediable de las circunstancias y sus diversas y agraviantes presiones. Me gusta, sin embargo, convencerme de que no debo permitirme estallidos, de que debo frenarlos radicalmente so pena de perder mi equilibrio. Salgo entonces como salí hoy, en una encarnizada búsqueda del aire libre, del horizonte, de quién sabe cuántas cosas más. Bueno, a veces no llego al horizonte y me conformo con acomodarme en la ventana de un café y registrar el pasaje de algunas buenas piernas.

Estoy convencido de que en horas de oficina la ciudad es otra. Yo conozco el Montevideo de los hombres a horario, los que entran a las ocho y media y salen a las doce, los que regresan a las dos y media y se van definitivamente a las siete. Con esos rostros crispados y sudorosos, con esos pasos urgentes y tropezados; con ésos somos viejos conocidos. Pero está la otra ciudad, la de las frescas pitucas que salen a media tarde recién bañaditas, perfumadas, despreciativas, optimistas, chistosas; la de los hijos de mamá que se despiertan al mediodía y a las seis de la tarde llevan aún impecable el blanco cuello de tricolina importada, la de los viejos que toman el ómnibus hasta la Aduana y regresan luego sin bajarse, reduciendo su módica farra a la sola mirada reconfortante con que recorren la Ciudad Vieja de sus nostalgias; la de las madres jóvenes que nunca salen de noche y entran al cine, con cara de culpables, en la vuelta de las 15,30; la de las niñeras que denigran a sus patronas mientras las moscas se comen a los niños; la de los jubilados y pelmas varios, en fin, que creen ganarse el cielo dándoles migas a las palomas de la plaza. Esos son mis desconocidos, por ahora al menos. Están instalados demasiado cómodamente en la vida, en tanto yo me pongo neurasténico frente a un almanaque con su febrero consagrado a Goya.

Jueves 21 de febrero

Esta tarde, cuando venía de la oficina, un borracho me detuvo en la calle. No protestó contra el gobierno, ni dijo que él y yo éramos hermanos, ni tocó ninguno de los innumerables temas de la beodez universal. Era un borracho extraño, con una luz especial en los ojos. Me tomó de un brazo y dijo, casi apoyándose en mí: «¿Sabés lo que te pasa? Que no vas a ninguna parte.» Otro tipo que pasó en ese instante me miró con una alegre dosis de comprensión y hasta me consagró un guiño de solidaridad. Pero ya hace cuatro horas que estoy intranquilo, como si realmente no fuera a ninguna parte y sólo ahora me hubiese enterado.

Viernes 22 de febrero

Cuando me jubile, creo que no escribiré más este diario, porque entonces me pasarán sin duda muchas menos cosas que ahora, y me va a resultar insoportable sentirme tan vacío y además dejar de ello una constancia escrita. Cuando me jubile, tal vez lo mejor sea abandonarme al ocio, a una especie de modorra compensatoria, a fin de que los nervios, los músculos, la energía, se relajen de a poco y se acostumbren a bien morir. Pero no. Hay momentos en que tengo y mantengo la lujosa esperanza de que el ocio sea algo pleno, rico, la última oportunidad de encontrarme a mí mismo. Y eso sí valdría la pena anotarlo.

Sábado 23 de febrero

Hoy almorcé solo, en el Centro. Cuando venía por Mercedes, me crucé con un tipo de marrón. Primero esbozó un saludo. Debo haberlo mirado con curiosidad, porque el hombre se detuvo y con alguna vacilación me tendió la mano. No era una cara desconocida. Era algo así como la caricatura de alguien que yo, en otro tiempo, hubiera visto a menudo. Le di la mano, murmurando disculpas, y confesando de algún modo mi perplejidad. «¿Martín Santomé?», me preguntó, mostrando en la sonrisa una dentadura devastada. Claro que Martín Santomé, pero mi desconcierto era cada vez mayor. «¿No te acordás de la calle Brandzen?» Bueno, no mucho. Hace como treinta años de esto y yo no soy famoso por mi memoria. Naturalmente, de soltero viví en la calle Brandzen, pero aunque me molieran a palos no podría decir cómo era el frente de la casa, cuántos balcones tenía, quiénes vivían al lado. «¿Y del café de la calle Defensa?» Ahora sí, la niebla se disipó un poco y vi por un instante el vientre, con ancho cinturón, del gallego Alvarez. «Claro, claro», exclamé iluminado. «Bueno, yo soy Mario Vignale.» ¿Mario Vignale? No me acuerdo, juro que no me acuerdo. Pero no tuve valor para confesárselo. El tipo parecía tan entusiasmado con el encuentro. Le dije que sí, que me disculpara, que yo era un pésimo fisonomista, que la semana pasada me había encontrado con un primo y no lo había reconocido (mentira). Naturalmente, había que tomar un café, de modo que me arruinó la siesta sabatina. Dos horas y cuarto. Se empecinó en reconstruirme pormenores, en convencerme de que había participado en mi vida. «Me acuerdo hasta de la tortilla de alcauciles que hacía tu vieja. Sensacional. Yo iba siempre a las once y media, a ver si me invitaba a comer.» Y lanzó una tremenda risotada. «¿Siempre?», le pregunté, todavía desconfiado. Entonces sufrió un acceso de vergüenza: «Bueno, fui unas tres o cuatro veces.» Entonces, ¿cuál era la porción de verdad? «Y tu vieja, ¿está bien?» «Murió hace quince años.» «Carajo. ¿Y tu viejo?» «Murió hace dos años, en Tacuarembó. Estaba parando en casa de mi tía Leonor.» «Debía estar viejo.» Claro que debía estar viejo. Dios mío, qué aburrimiento. Sólo entonces formuló la pregunta más lógica: «Che, ¿total te casaste con Isabel?» «Sí, y tengo tres hijos», contesté, acortando camino. El tiene cinco. Qué suerte. «¿Y cómo está Isabel? ¿Siempre guapa?» «Murió», dije, poniendo la cara más inescrutable de mi repertorio. La palabra sonó como un disparo y él —menos mal— quedó desconcertado. Se apuró a terminar el tercer café y en seguida miró el reloj. Hay una especie de reflejo automático en eso de hablar de la muerte y mirar en seguida el reloj.

Domingo 24 de febrero

No hay caso. La entrevista con Vignale me dejó una obsesión: recordar a Isabel. Ya no se trata de conseguir su imagen a través de las anécdotas familiares, de las fotografías, de algún rasgo de Esteban o de

Blanca. Conozco todos sus datos, pero no quiero saber-
los de segunda mano, sino recordarlos directamente,
verlos con todo detalle frente a mí tal como veo ahora
mi cara en el espejo. Y no lo consigo. Sé que tenía
ojos verdes, pero no puedo sentirme frente a su mirada.

Lunes 25 de febrero

Me veo poco con mis hijos. Nuestros horarios
no siempre coinciden y menos aún nuestros planes o
nuestros intereses. Son correctos conmigo, pero como
son, además, tremendamente reservados, su corrección
parece siempre el mero cumplimiento de un deber. Esteban, por ejemplo, siempre se está conteniendo para
no discutir mis opiniones. ¿Será la simple distancia
generacional lo que nos separa, o podría hacer yo algo
más para comunicarme con ellos? En general, los veo
más incrédulos que desatinados, más reconcentrados
de lo que yo era a sus años.

Hoy cenamos juntos. Probablemente haría unos
dos meses que no estábamos todos presentes en una
cena familiar. Pregunté, en tono de broma, qué acon-
tecimiento festejábamos, pero no hubo eco. Blanca me
miró y sonrió, como para enterarme de que compren-
día mis buenas intenciones, y nada más. Me puse a
registrar cuáles eran las escasas interrupciones del consagrado silencio. Jaime dijo que la sopa estaba desabrida. «Ahí tenés la sal, a diez centímetros de tu mano
derecha», contestó Blanca, y agregó, hiriente: «¿Querés que te la alcance?» La sopa estaba desabrida. Es
cierto, pero ¿qué necesidad? Esteban informó que, a
partir del próximo semestre, nuestro alquiler subirá
ochenta pesos. Como todos contribuimos, la cosa no
es tan grave. Jaime se puso a leer el diario. Me parece

ofensivo que la gente lea cuando come con su familia. Se lo dije. Jaime dejó el diario, pero fue lo mismo que si lo hubiera seguido leyendo, ya que siguió hosco, alunado. Relaté mi encuentro con Vignale, tratando de sumirlo en el ridículo para traer a la cena un poco de animación. Pero Jaime preguntó: «¿Qué Vignale es?» «Mario Vignale.» «¿Un tipo medio pelado, de bigote?» El mismo. «Lo conozco. Buena pieza», dijo Jaime, «es compañero de Ferreira. Bruto coimero». En el fondo me gusta que Vignale sea una porquería, así no tengo escrúpulos en sacármelo de encima. Pero Blanca preguntó: «¿Así que se acordaba de mamá?» Me pareció que Jaime iba a decir algo, creo que movió los labios, pero decidió quedarse callado. «Feliz de él», agregó Blanca, «yo no me acuerdo». «Yo sí», dijo Esteban. ¿Cómo se acordará? ¿Como yo, con recuerdos de recuerdos, o directamente, como quien ve la propia cara en el espejo? ¿Será posible que él, que sólo tenía cuatro años, posea la imagen, y que a mí, en cambio, que tengo registradas tantas noches, tantas noches, tantas noches, no me quede nada? Hacíamos el amor a oscuras. Será por eso. Seguro que es por eso. Tengo una memoria táctil de esas noches, y ésa sí es directa. Pero ¿y el día? Durante el día no estábamos a oscuras. Llegaba a casa cansado, lleno de problemas, tal vez rabioso con la injusticia de esa semana, de ese mes.

A veces hacíamos cuentas. Nunca alcanzaba. Acaso mirábamos demasiado los números, las sumas, las restas, y no teníamos tiempo de mirarnos nosotros. Donde ella esté, si es que está, ¿qué recuerdo tendrá de mí? En definitiva, ¿importa algo la memoria? «A veces me siento desdichada, nada más que de no saber qué es lo que estoy echando de menos», murmuró Blanca, mientras repartía los duraznos en almíbar. Nos tocaron tres y medio a cada uno.

Miércoles 27 de febrero

Hoy ingresaron en la oficina siete empleados nuevos: cuatro hombres y tres mujeres. Tenían unas espléndidas caras de susto y de vez en cuando dirigían a los veteranos una mirada de respetuosa envidia. A mí me adjudicaron dos botijas (uno de dieciocho y otro de veintidós) y una muchacha de veinticuatro años. Así que ahora soy todo un jefe: tengo nada menos que seis empleados a mis órdenes. Por primera vez, una mujer. Siempre les tuve desconfianza para los números. Además, otro inconveniente: durante los días del período menstrual y hasta en sus vísperas, si normalmente son despiertas, se vuelven un poco tontas; si normalmente son un poco tontas, se vuelven imbéciles del todo. Estos «nuevos» que entraron no parecen malos. El de dieciocho años es el que me gusta menos. Tiene un rostro sin fuerza, delicado, y una mirada huidiza, y, a la vez, adulona. El otro es un eterno despeinado, pero tiene un aspecto simpático y (por ahora, al menos) evidentes ganas de trabajar. La chica no parece tener tantas ganas, pero al menos comprende lo que uno le explica; además, tiene la frente ancha y la boca grande, dos rasgos que por lo general me impresionan bien. Se llaman Alfredo Santini, Rodolfo Sierra y Laura Avellaneda. A ellos los pondré con los libros de mercaderías, a ella con el Auxiliar de Resultados.

Jueves 28 de febrero

Esta noche conversé con una Blanca casi desconocida para mí. Estábamos solos después de la cena. Yo leía el diario y ella hacía un solitario. De pronto se quedó inmóvil, con una carta en alto, y su mirada era a la vez perdida y melancólica. La vigilé durante unos instantes; luego, le pregunté en qué pensaba. Entonces pareció despertarse, me dirigió una mirada desolada y, sin poderse contener, hundió la cabeza entre las manos, como si no quisiera que nadie profanara su llanto. Cuando una mujer llora frente a mí, me vuelvo indefenso y, además, torpe. Me desespero, no sé cómo remediarlo. Esta vez seguí un impulso natural, me levanté, me acerqué a ella y empecé a acariciarle la cabeza, sin pronunciar palabra. De a poco se fue calmando y las llorosas convulsiones se espaciaron. Cuando al fin bajó las manos, con la mitad no usada de mi pañuelo le sequé los ojos y le soné la nariz. En ese momento no parecía una mujer de veintitrés años, sino una chiquilina, momentáneamente infeliz porque se le hubiera roto una muñeca o porque no la llevaban al zoológico. Le pregunté si se sentía desgraciada y contestó que sí. Le pregunté el motivo y dijo que no sabía. No me extrañó demasiado. Yo mismo me siento a veces infeliz sin un motivo concreto. Contrariando mi propia experiencia, dije: «Oh, algo habrá. No se llora por nada.» Entonces empezó a hablar atropelladamente, impulsada por un deseo repentino de franqueza: «Tengo la horrible sensación de que pasa el tiempo y no hago nada, y nada acontece, y nada me conmueve hasta la raíz. Miro a Esteban y miro a Jaime y estoy segura de que ellos también se sienten desgraciados. A veces (no te enojes, papá) también te miro a vos y pienso que no quisiera llegar a los cincuenta años y tener tu temple, tu equilibrio, sencillamente porque los encuentro chatos, gastados. Me siento con una gran disponibilidad de energía, y no sé en qué emplearla, no sé qué hacer con ella. Creo que vos te resignaste a ser opaco, y eso me parece horrible, porque yo sé que no sos opaco. Por lo menos, que no lo eras.» Le contesté (¿qué otra cosa podía decirle?) que tenía razón, que hiciera lo posible por salir de nosotros, de nuestra órbita, que me gustaba mucho oírla gritar esa inconformidad, que me parecía estar escuchando un grito mío, de hace muchos años. Entonces sonrió, dijo que yo era muy bueno y me echó los brazos al cuello, como antes. Es una chiquilina todavía.

Viernes 1 de marzo

El gerente llamó a los cinco jefes de sección. Durante tres cuartos de hora nos habló del bajo rendimiento del personal. Dijo que el Directorio le había hecho llegar una observación en ese sentido, y que en el futuro no estaba dispuesto a tolerar que, a causa de nuestra desidia (cómo le gusta recalcar «desidia»), su posición se viera gratuitamente afectada. Así que de ahora en adelante, etc., etc.

¿A qué le llamarán «bajo rendimiento del personal»? Yo puedo decir, al menos, que mi gente trabaja. Y no solamente los nuevos, también los veteranos. Es cierto que Méndez lee novelas policiales que acondiciona hábilmente en el cajón central de su escritorio, en tanto que su mano derecha empuña una pluma siempre atenta a la posible entrada de algún jerarca. Es cierto que Muñoz aprovecha sus salidas a Ganancias Elevadas para estafarle a la empresa veinte minutos de ocio frente a una cerveza. Es cierto que Robledo cuando va al cuarto de baño (exactamente, a las diez y cuarto) lleva escondido bajo el guardapolvo el suplemento en colores o la página de deportes. Pero también es cierto que el trabajo está siempre al día, y que en las horas en que el trámite aprieta y la bandeja aérea de Caja viaja sin cesar, repleta de boletas, todos se afanan y trabajan con verdadero sentido de equipo. En su reducida especialidad, cada uno es un experto, y yo puedo confiar plenamente en que las cosas se están haciendo bien.

En realidad, bien sé hacia dónde iba dirigido el garrote del gerente. «Expedición» trabaja a desgano y además hace mal su tarea. Todos sabíamos hoy que la arenga era para Suárez, pero entonces ¿a qué llamarnos a todos?, ¿qué derecho tiene Suárez de que compartamos su culpa exclusiva? ¿Será que el gerente sabe, como todos nosotros, que Suárez se acuesta con la hija del presidente? No está mal Lidia Valverde.

Sábado 2 de marzo

Anoche, después de treinta años, volví a soñar con mis encapuchados. Cuando yo tenía cuatro años o quizá menos, comer era una pesadilla. Entonces mi abuela inventó un método realmente original para que yo tragase sin mayores problemas la papa deshecha. Se ponía un enorme impermeable de mi tío, se colocaba la capucha y unos anteojos negros. Con ese aspecto, para mí terrorífico, venía a golpear en mi ventana. La sirvienta, mi madre, alguna tía, coreaban entonces: «¡Ahí está don Policarpo!» Don Policarpo era una especie de monstruo que castigaba a los niños que no comían. Clavado en mi propio terror, el resto de mis fuerzas alcanzaba para mover mis mandíbulas a una velocidad increíble y acabar de ese modo con el desabrido, abundante puré. Era cómodo para todos. Amenazarme con don Policarpo equivalía a apretar un botón casi mágico. Al final se había convertido en una famosa diversión. Cuando llegaba una visita, la traían a mi cuarto para que asistiera a los graciosos pormenores de mi pánico. Es curioso cómo a veces se puede llegar a ser tan inocentemente cruel. Porque, además del susto, estaban mis noches, mis noches llenas de encapuchados silenciosos, *rara* especie de Policarpos que siempre estaban de espaldas, rodeados de una espesa bruma. Siempre aparecían en fila, como esperando turno para ingresar a mi miedo. Nunca pronunciaban palabra, pero se movían pesadamente en una especie de intermitente balanceo, arrastrando sus oscuras túnicas, todas iguales, ya que en eso había venido a parar el impermeable de mi tío. Era curioso: en mi sueño sentía menos horror que en la realidad. Y, a medida que pasaban los años, el miedo se iba convirtiendo en fascinación. Con esa mirada absorta que uno suele tener por debajo de los párpados del sueño, yo asistía como hipnotizado a la cíclica escena. A veces, soñando otro sueño cualquiera, yo tenía una oscura conciencia de que hubiera preferido soñar mis Policarpos. Y una noche vinieron por última vez. Formaron en su fila, se balancearon, guardaron silencio, y como de costumbre, se esfumaron. Durante muchos años dormí con una inevitable desazón, con una casi enfermiza sensación de espera. A veces me dormía decidido a encontrarlos, pero sólo conseguía crear la bruma y, en raras ocasiones, sentir las palpitaciones de mi antiguo miedo. Sólo eso. Después fui perdiendo aun esa esperanza y llegué insensiblemente a la época en que empecé a contar a los extraños el fácil argumento de mi sueño. También llegué a olvidarlo. Hasta anoche. Anoche, cuando estaba en el centro mismo de un sueño más vulgar que pecaminoso, todas las imágenes se borraron y apareció la bruma, y en medio de la bruma, todos mis Policarpos. Sé que me sentí indeciblemente feliz y horrorizado. Todavía ahora, si me esfuerzo un poco, puedo reconstruir algo de aquella emoción. Los Policarpos, los indeformables, eternos, inocuos Policarpos de mi infancia, se balancearon y, de pronto, hicieron algo totalmente imprevisto. Por primera vez se dieron vuelta, sólo por un momento, y todos ellos tenían el rostro de mi abuela.

Martes 12 de marzo

Es bueno tener una empleada que sea inteligente. Hoy, para probar a Avellaneda, le expliqué de un tirón todo lo referente a Contralor. Mientras yo hablaba, ella fue haciendo anotaciones. Cuando concluí, dijo: «Mire, señor, creo que entendí bastante, pero tengo dudas sobre algunos puntos.» Dudas sobre algunos puntos... Méndez, que se ocupaba de eso antes que ella, necesitó nada menos que cuatro años para disiparlas... Después la puse a trabajar en la mesa que está a mi derecha. De vez en cuando le echaba un vistazo. Tiene lindas piernas. Todavía no trabaja automáticamente, así que se fatiga. Además es inquieta, nerviosa. Creo que mi jerarquía (pobre inexperta) la cohíbe un poco. Cuando dice: «Señor Santomé», siempre pestañea. No es una preciosura. Bueno, sonríe pasablemente. Algo es algo.

Miércoles 13 de marzo

Esta tarde, cuando llegué del Centro, Jaime y Esteban estaban gritando en la cocina. Alcancé a oír que Esteban decía algo sobre «los podridos de tus amigos». En cuanto sintieron mis pasos, se callaron y trataron de hablarse con naturalidad. Pero Jaime tenía los labios apretados y a Esteban le brillaban los ojos. «¿Qué pasa?», pregunté. Jaime se encogió de hombros, y el otro dijo: «Nada que te importe.» Qué ganas de encajarle una trompada en la boca. Eso es mi hijo, ese rostro duro, que nada ni nadie ablandará jamás. Nada que me importe. Fui hasta la heladera y saqué la botella de leche, la manteca. Me sentía indigno, abochornado. No era posible que él me dijera: «Nada que te importe» y yo me quedara tan tranquilo, sin hacerle nada, sin decirle nada. Me serví un vaso grande. No era posible que él me gritara con el mismo tono que yo debía emplear con él y que, sin embargo, no empleaba. Nada que me importe. Cada trago de leche me dolía en las sienes. De pronto me di vuelta y lo tomé de un brazo. «Más respeto con tu padre, ¿entendés?, más respeto.» Era una idiotez decirlo ahora, cuando ya había pasado el momento. El brazo estaba tenso, duro, como si repentinamente se hubiera convertido en acero. O en plomo. Me dolió la nuca cuando levanté la cabeza para mirarlo en los ojos. Era lo menos que podía hacer. No, él no estaba asustado. Simplemente, sacudió el brazo hasta soltarse, se le movieron las aletas de la nariz, y dijo: «¿Cuándo crecerás?» y se fue dando un portazo. Yo no debía tener una cara muy tranquila cuando me di vuelta para enfrentar a Jaime. Seguía recostado en la pared. Sonrió con espontaneidad y sólo comentó: «¡Qué mala sangre, viejo, qué mala sangre!» Es increíble, pero en ese preciso instante sentí que se me helaba la rabia. «Es que también tu hermano…», dije, sin convicción. «Dejalo», contestó él, «a esta altura ninguno de nosotros tiene remedio».

Viernes 15 de marzo

Mario Vignale estuvo a verme en la oficina. Quiere que vaya a su casa la semana que viene. Dice que encontró antiguas fotos de todos nosotros. No las trajo el muy cretino. Desde luego, constituyen el precio de mi aceptación. Acepté, claro. ¿A quién no le atrae el propio pasado?

Sábado 16 de marzo

Esta mañana, el nuevo —Santini— intentó confesarse conmigo. No sé qué tendrá mi cara que siempre invita a la confidencia. Me miran, me sonríen, algunos llegan hasta a hacer la mueca que precede al sollozo; después se dedican a abrir su corazón. Y, francamente, hay corazones que no me atraen. Es increíble la cómoda impudicia, el tono de misterio con que algunos tipos secretean acerca de sí mismos. «Porque yo, ¿sabe, señor?, yo soy huérfano», dijo de entrada para atornillarme en la piedad. «Tanto gusto, y yo viudo», le contesté con un gesto ritual, destinado a destruir aquel empaque. Pero mi viudez le conmueve mucho menos que su propia orfandad.

«Tengo una hermanita, ¿sabe?» Mientras hablaba, de pie junto a mi escritorio, hacía repiquetear los dedos, frágiles y delgados, sobre la tapa de mi libro Diario. «¿No podés dejar quieta esa mano?», le grité, pero él sonrió dulcemente antes de obedecer. En la muñeca lleva una cadena de oro, con una medallita. «Mi hermanita tiene diecisiete años, ¿sabe?» El «¿sabe?» es una especie de tic. «¿No me digas? ¿Y está buena?» Era mi desesperada defensa antes de que se rompieran los diques de su último remedo de escrúpulos y yo me viera definitivamente inundado por su vida íntima. «Usted no me toma en serio», dijo apretando los labios, y se fue muy ofendido a su mesa. No trabaja demasiado rápido. Tardó dos horas en hacerme el resumen de febrero.

Domingo 17 de marzo

Si alguna vez me suicido, será en domingo. Es el día más desalentador, el más insulso. Quisiera quedarme en la cama hasta tarde, por lo menos hasta las nueve o las diez, pero a las seis y media me despierto solo y ya no puedo pegar los ojos. A veces pienso qué haré cuando toda mi vida sea domingo. Quién sabe, a lo mejor me acostumbro a despertarme a las diez. Fui a almorzar al Centro, porque los muchachos se fueron por el fin de semana, cada uno por su lado. Comí solo. Ni siquiera me sentí con fuerzas para entablar con el mozo el facilongo y ritual intercambio de opiniones sobre el calor y los turistas. Dos mesas más allá, había otro solitario. Tenía el ceño fruncido, partía los pancitos a puñetazos. Dos o tres veces lo miré, y en una oportunidad me crucé con sus ojos. Me pareció que allí había odio. ¿Qué habría para él en mis ojos? Debe ser una regla general que los solitarios no simpaticemos. ¿O será que, sencillamente, somos antipáticos?

Volví a casa, dormí la siesta y me levanté pesado, de mal humor. Tomé unos mates y me fastidió que estuviera amargo. Entonces me vestí y me fui otra vez al Centro. Esta vez me metí en un café; conseguí una mesa junto a la ventana. En un lapso de una hora y cuarto, pasaron exactamente treinta y cinco mujeres de interés. Para entretenerme hice una estadística sobre qué me gustaba más en cada una de ellas. Lo apunté en la servilleta de papel. Este es el resultado. De dos, me gustó la cara; de cuatro, el pelo; de seis, el busto; de ocho, las piernas; de quince, el trasero. Amplia victoria de los traseros.

Lunes 18 de marzo

Anoche Esteban volvió a las doce, Jaime a las doce y media, Blanca a la una. Los sentí a todos, recogí minuciosamente cada ruido, cada paso, cada palabrota murmurada. Creo que Jaime vino un poco borracho. Por lo menos, se tropezaba con los muebles y tuvo abierta como media hora la canilla del lavabo. Sin embargo, las puteadas eran de Esteban, que nunca

toma. Cuando llegó Blanca, Esteban le dijo algo desde
su cuarto, y ella contestó que se metiera en sus cosas.
Después, el silencio. Tres horas de silencio. El insomnio es la peste de mis fines de semana. Cuando me jubile, ¿no dormiré nunca?

     Esta mañana sólo hablé con Blanca. Le dije
que no me gustaba que llegara a esas horas. Ella no es
insolente, de modo que no merecía que yo la rezon-
gara. Pero además está el deber, el deber de padre y
madre. Tendría que ser ambos a la vez y creo que no
soy nada. Sentí que me extralimitaba cuando me oí
preguntarle con tono admonitorio: «¿Qué anduviste
haciendo? ¿A dónde fuiste?» Entonces ella, mientras
embadurnaba la tostada con manteca, me contestó:
«¿Por qué te sentís obligado a hacerte el malo? Hay
dos cosas de las cuales estamos seguros: que nos tenemos cariño y que yo no estoy haciendo nada incorrecto.» Estaba derrotado. Sin embargo agregué, nada
más que para salvar las apariencias: «Todo depende de
qué entendés por incorrecto.»

Martes 19 de marzo

     Trabajé toda la tarde con Avellaneda. Búsque-
da de diferencias. Lo más aburrido que existe. Siete
centésimos. Pero en realidad se componía de dos diferencias contrarias: una de dieciocho centésimos y
otra de veinticinco. La pobre todavía no agarró bien
la onda. En un trabajo de estricto automatismo, como
éste, ella se cansa igual que en cualquier otro que la
fuerce a pensar y a buscar soluciones propias. Yo estoy tan hecho a este tipo de búsquedas, que a veces las
prefiero a otra clase de trabajo. Hoy, por ejemplo,
mientras ella me cantaba los números y yo tildaba la
cinta de sumar, me ejercité en irle contando los lunares

que tiene en su antebrazo izquierdo. Se dividen en dos categorías: cinco lunares chicos y tres lunares grandes, de los cuales uno abultadito. Cuando terminó de cantarme noviembre, le dije, sólo para ver cómo reaccionaba: «Hágase quemar ese lunar. Generalmente no pasa nada, pero en un caso cada cien, puede ser peligroso.» Se puso colorada y no sabía dónde poner el brazo. Me dijo: «Gracias, señor», pero siguió dictándome terriblemente incómoda. Cuando llegamos a enero, empecé a dictar yo, y ella ponía los tildes. En un determinado instante, tuve conciencia de que algo raro estaba pasando y levanté la vista en mitad de una cifra. Ella estaba mirándome la mano. ¿En busca de lunares? Quizá. Sonreí y otra vez se murió de vergüenza. Pobre Avellaneda. No sabe que soy la corrección en persona y que jamás de los jamases me tiraría un lance con una de mis empleadas.

Jueves 21 de marzo

Cena en lo de Vignale. Tiene una casa asfixiante, oscura, recargada. En el living hay dos sillones, de un indefinido estilo internacional, que, en realidad, parecen dos enanos peludos. Me dejé caer en uno de ellos. Desde el asiento subía un calor que me llegaba hasta el pecho. Vino a recibirme una perrita desteñida, con cara de solterona. Me miró sin olfatearme, luego se despatarró y cometió el clásico delito de lesa alfombra. La mancha quedó allí, sobre una cabeza de pavo real, que era la *vedette* en aquel diseño más bien espantoso. Pero había tantas manchas en la alfombra, que al final uno podía llegar a creer que formaban parte de la decoración.

La familia de Vignale es numerosa, estentórea, cargante. Incluye a su mujer, su suegra, su suegro, su cuñado, su concuñada y —horror de los horrores— sus cinco niños. Estos podrían ser definidos aproximadamente como monstruitos. En lo físico son normales, demasiado normales, rubicundos y sanos. Su monstruosidad está en lo molestos que son. El mayor tiene trece años (Vignale se casó ya maduro) y el menor seis. Se mueven constantemente, constantemente hacen ruido, constantemente discuten a los gritos. Uno tiene la sensación de que se le están trepando por la espalda, por los hombros, que siempre están a punto de meterle a uno los dedos en las orejas o tirarle del pelo. Nunca llegan a tanto, pero el efecto es el mismo, y se tiene conciencia de que en casa de Vignale uno está a merced de esa jauría. Los adultos de la familia se han refugiado en una envidiable actitud de prescindencia, que no excluye trompadas perdidas que de pronto cruzan el aire y se instalan en la nariz, o en la sien, o en el ojo de uno de aquellos angelitos. El método de la madre, por ejemplo, podría definirse así: tolerar toda postura e insolencia del niño que moleste a los otros, incluidas las visitas, pero castigar todo gesto o palabra del niño que la moleste a ella personalmente. El punto culminante de la cena tuvo lugar a los postres. Uno de los chicos quiso dejar testimonio de que el arroz con leche no le agradaba. Dicho testimonio consistió en volcar íntegramente su porción sobre los pantalones del menor de sus hermanitos. El gesto fue festejado con generoso ruido, pero el llanto del damnificado superó todas mis previsiones y no cabe en ninguna descripción.

Después de la cena, los niños desaparecieron, no sé si dispuestos a irse a la cama o a preparar un cóctel de veneno para mañana temprano. «¡Qué chicos!», comentó la suegra de Vignale, «lo que pasa es que tienen vida». «La infancia es eso: vida pura», fue el adecuado colofón del yerno. Respondiendo a una inexistente averiguación de mi parte, la concuñada me señaló: «Nosotros no tenemos hijos.» «Y ya llevamos siete años de casados», dijo el marido con una risotada aparentemente maliciosa. «Yo por mí quisiera», aclaró la mujer, «pero éste se complace en evitarlos». Fue Vignale quien nos rescató a todos de semejante divagación ginecológica y anticonceptiva, para referirse a lo que constituía el máximo atractivo de la noche: la exhibición de las célebres fotos de museo. Las guardaba en un sobre verde, fabricado caseramente con papel de embalar, sobre el cual había escrito con letras de imprenta: «Fotografías de Martín Santomé.» Evidentemente, el sobre era viejo, pero la leyenda bastante reciente. En la primera foto aparecían cuatro personas frente a la casa de la calle Brandzen. No fue necesario que Vignale me dijera nada: a la vista de la fotografía mi memoria pareció sacudirse y acusó recibo de aquella imagen amarillenta que había sido sepia. Quienes estaban en la puerta eran mi madre, una vecina que después se fue a España, mi padre y yo mismo. Mi aspecto era increíblemente desgarbado y ridículo. «Esta foto, ¿la tomaste vos?», le pregunté a Vignale. «Estás loco. Yo nunca he juntado valor para empuñar una máquina fotográfica o un revólver. Esta foto la sacó Falero. ¿Te acordás de Falero?» Vagamente. Por ejemplo, que el padre tenía una librería y que él le robaba revistas pornográficas, preocupándose luego de divulgar entre nosotros ese aspecto fundamental de la cultura francesa. «Mirá esta otra», dijo Vignale, ansioso. Allí también estaba yo, junto al *Adoquín. El Adoquín* (de eso sí me acuerdo) era un imbécil que siempre se pegaba a nosotros, festejaba todos nuestros chistes, aun los más aburridos, y no nos dejaba ni a sol ni a sombra.

No me acordaba de su nombre, pero estaba seguro de que era *el Adoquín*. La misma expresión pa-

jarona, la misma carne fofa, el mismo pelo engomi-
nado. Solté la risa, una de mis mejores risas de este
año. «¿De qué te reís?», preguntó Vignale. «Del *Adoquín*. Fijate qué pinta.» Entonces Vignale bajó los ojos,
hizo una recorrida vergonzante por los rostros de su
mujer, de sus suegros, de su cuñado, de su concuñada,
y luego dijo con voz ronca: «Creí que ya no te acor-
dabas de ese mote. Nunca me gustó que me llamaran
así.» Me tomó totalmente de sorpresa. No supe qué
hacer ni qué decir. ¿Así que Mario Vignale y *el Adoquín* eran una misma persona? Lo miré, lo volví a
mirar, y confirmé que era estúpido, empalagoso y pa-
jarón. Pero evidentemente se trataba de otra estupidez, de otro empalago, de otra pajaronería. No eran
las del *Adoquín* de aquel entonces, qué iban a ser.
Ahora tienen no sé qué de irremediable. Creo que balbuceé: «Pero, che, si nadie te lo decía con mala intención. Acordate de que a Prado le decían *el Conejo*.»
«Ojalá me hubieran llamado a mí *el Conejo*», dijo, en
tono compungido, *el Adoquín* Vignale. Y no miramos
más fotografías.

Viernes 22 de marzo

   Corrí veinte metros para alcanzar el ómnibus
y quedé reventado. Cuando me senté, creí que me des-
mayaba. En la tarea de quitarme el saco, de desabro-
charme el cuello de la camisa y moverme un poco para
respirar mejor, rocé dos o tres veces el brazo de mi
compañera de asiento. Era un brazo tibio, no demasiado flaco. En el roce sentí el tacto afelpado del vello,
pero no lograba identificar si se trataba del mío o el
de ella o el de ambos. Desdoblé el diario y me puse
a leer. Ella, por su parte, leía un folleto turístico sobre
Austria. De a poco fui respirando mejor, pero me que-

daron palpitaciones por todo un cuarto de hora. Su brazo se movió tres o cuatro veces, pero no parecía querer separarse totalmente del mío. Se iba y regresaba. A veces el tacto se limitaba a una tenue sensación de proximidad en el extremo de mis vellos. Miré varias veces hacia la calle y de paso la fiché. Cara angulosa, labios finos, pelo largo, poca pintura, manos anchas, no demasiado expresivas. De pronto el folleto se le cayó y yo me agaché a recogerlo. Naturalmente, eché una ojeada a las piernas. Pasables, con una curita en el tobillo. No dijo gracias. A la altura de Sierra, comenzó sus preparativos para bajarse. Guardó el folleto, se acomodó el pelo, cerró la cartera y pidió permiso. «Yo también bajo», dije, obedeciendo a una inspiración. Ella empezó a caminar rápido por Pablo de María, pero en cuatro zancadas la alcancé. Caminamos uno junto al otro, durante cuadra y media. Yo estaba aún formando mentalmente mi frase inicial de abordaje, cuando ella dio vuelta la cabeza hacia mí, y dijo: «Si me va a hablar, decídase.»

Domingo 24 de marzo

Pensándolo bien, qué caso extraño el del viernes. No nos dijimos los nombres ni los teléfonos ni nada personal. Sin embargo, juraría que en esta mujer el sexo no es un rubro primario. Más bien parecía exasperada por algo, como si su entrega a mí fuera su curiosa venganza contra no sé qué. Debo confesar que es la primera vez que conquisto una mujer tan sólo con el codo y, también, la primera vez que, una vez en la amueblada, una mujer se desviste tan rápido y a plena luz. El agresivo desparpajo con que se tendió en la cama ¿qué probaba? Hacía tanto por poner en evidencia su completa desnudez, que estuve por creer que era la primera vez que se encontraba en cueros frente a un hombre. Pero no era nueva. Y con su cara seria, su boca sin pintura, sus manos inexpresivas, se las arregló, sin embargo, para disfrutar. En el momento que consideró oportuno, me suplicó que le dijera palabrotas. No es mi especialidad, pero creo que la dejé satisfecha.

Lunes 25 de marzo

Empleo público para Esteban. Es el resultado de su trabajo en el club. No sé si alegrarme con ese nombramiento de jefe. El, que viene de afuera, pasa por encima de todos los que ahora serán sus subordinados. Me imagino que le harán la vida imposible. Y con razón.

Miércoles 27 de marzo

Hoy me quedé hasta las once de la noche en la oficina. Una gauchada del gerente. Me llamó a las seis y cuarto para decirme que precisaba esa porquería para mañana a primera hora. Era un trabajo para tres personas. Avellaneda, pobrecita, se ofreció para quedarse. Pero tuve lástima.

También se quedaron tres en Expedición. En realidad, era lo único verdaderamente necesario. Pero, claro, el gerente no iba a hacer trabajar extra al macho de la Valverde sin adornarle el castigo con el trabajo extra de algún inocente. Esta vez el inocente fui yo. Paciencia. Estoy deseando que la Valverde se aburra de ese cafisho.

Me deprime horriblemente trabajar fuera de hora. Toda la oficina silenciosa, sin público, con los

escritorios mugrientos, llenos de carpetas y biblioratos. El conjunto da una impresión de basura, de des-
perdicio. Y en medio de ese silencio y de esa oscuridad, tres tipos aquí y tres allá, trabajando sin ganas,
arrastrando el cansancio de las ocho horas previas.

Robledo y Santini me dictaban las cifras, yo
escribía a máquina. A las ocho de la noche me empezó
a doler la espalda, cerca del hombro izquierdo. A las
nueve el dolor me importaba poco; seguía escribiendo
como un autómata las roncas cifras que ellos me dictaban. Cuando terminamos, nadie habló. Los de Expedición ya se habían ido. Fuimos los tres hasta la Plaza,
les pagué un café en el mostrador del Sorocabana y nos
dijimos chau. Creo que me guardaron un poco de rencor porque los elegí a ellos.

Jueves 28 de marzo

Hablé largamente con Esteban. Le expuse mis
dudas sobre la justicia de su nombramiento. No pretendía que renunciara; por Dios, sé que eso ya no se
estila. Simplemente, me hubiera gustado oírle decir
que se sentía incómodo. De ningún modo. «No hay
caso, viejo, vos seguís viviendo en otra época.» Así
me dijo. «Ahora nadie se ofende si viene un tipo cualquiera y lo pasa en el escalafón. ¿Y sabés por qué nadie se ofende? Porque todos harían lo mismo si la
ocasión se les pusiera a tiro. Estoy seguro de que a mí
no me van a mirar con bronca sino con envidia.»

Le dije… Bueno, ¿qué importa lo que le dije?

Viernes 29 de marzo

Qué viento asqueroso, me costó un triunfo llegar por Ciudadela desde Colonia hasta la Plaza. A una
muchacha el viento le levantó la pollera. A un cura

le levantó la sotana. Jesús, qué panoramas tan distintos. A veces pienso qué habría ocurrido si me hubiese metido a cura. Probablemente, nada. Tengo una frase que pronuncio cuatro o cinco veces por año: «Hay dos profesiones para las que estoy seguro de no tener la mínima vocación: militar y sacerdote.» Pero creo que lo digo por vicio, sin el menor convencimiento.

Llegué a casa despeinado, con la garganta ardiendo y los ojos llenos de tierra. Me lavé, me cambié y me instalé a tomar mate detrás de la ventana. Me sentí protegido. Y también profundamente egoísta. Veía pasar a hombres, mujeres, viejos, niños, todos luchando contra el viento, y ahora también con la lluvia. Sin embargo, no me vinieron ganas de abrir la puerta y llamarlos para que se refugiaran en mi casa y me acompañaran con un mate caliente. Y no es que no se me haya ocurrido hacerlo. La idea me pasó por la cabeza, pero me sentí profundamente ridículo y me puse a imaginar las caras de desconcierto que pondría la gente, aun en medio del viento y de la lluvia.

¿Qué sería de mí, en este día, si hace veinte o treinta años me hubiera decidido a meterme de cura? Sí, ya sé, el viento me levantaría la sotana y quedarían al descubierto mis pantalones de hombre vulgar y silvestre. Pero ¿y en lo demás? ¿Habría ganado o habría perdido? No tendría hijos (creo que habría sido un cura sincero, cien por ciento casto), no tendría oficina, no tendría horario, no tendría jubilación. Tendría Dios, eso sí, y tendría religión. Pero ¿es que acaso no los tengo? Francamente, no sé si creo en Dios. A veces imagino que, en el caso de que Dios exista, no habría de disgustarle esta duda. En realidad, los elementos que él (¿o Él?) mismo nos ha dado (raciocinio, sensibilidad, intuición) no son en absoluto suficientes como para garantizarnos ni su existencia ni su no-existencia. Gracias a una corazonada, puedo creer en Dios y acertar, o no creer en Dios y también acertar. ¿Entonces? Acaso Dios tenga un rostro de *croupier* y yo sólo sea un pobre diablo que juega a rojo cuando sale negro, y viceversa.

Sábado 30 de marzo

Robledo todavía está de trompa conmigo, a causa del trabajo extraordinario del último miércoles. Pobre tipo. Según me contó Muñoz esta mañana, la novia de Robledo lo cela espantosamente. El miércoles tenía que encontrarse con ella a las ocho y, debido a que yo lo elegí para quedarse, no pudo ir. Le avisó por teléfono, pero no hubo caso. La otra desconfiada ya le comunicó que no quiere saber más nada de él. Dice Muñoz que él lo consuela diciéndole que siempre es mejor enterarse de esos inconvenientes antes del casamiento, pero Robledo está con una luna tremenda. Hoy lo llamé y le expliqué que no sabía lo de la novia. Le pregunté por qué no me lo había dicho, y entonces me miró con unos ojos que echaban chispas y murmuró: «Usted bien que lo sabía. Ya me tienen podrido con esas bromitas.» Estornudó, de puro nervioso, y agregó en seguida, con un amplio gesto de decepción: «Que ellos, que son flor de guarangos, me hagan esos chistes, lo comprendo. Pero que usted, todo un tipo serio, se preste a secundarlos, francamente me desilusiona un poco. Nunca se lo dije, pero tenía de usted un buen concepto.» Quedaba un poco violento que yo saliera a defender su buen concepto sobre mi persona, de modo que le dije, sin ironía: «Mirá, si te parece me creés y si no paciencia. Yo no sabía nada. Así que punto final y andá a trabajar, si no querés que yo también me desilusione.»

Domingo 31 de marzo

Esta tarde, cuando salía del California, vi desde lejos a la del ómnibus, la «mujer del codo». Venía con un tipo corpulento, de aspecto deportista y con dos dedos de frente. Cuando el tipo reía, era como para ponerse a reflexionar sobre las imprevistas variantes de la imbecilidad humana. Ella también reía, echando la cabeza hacia atrás y apretándose mimosamente contra él. Pasaron frente a mí y ella me vio en mitad de una carcajada, pero no la interrumpió. No podría asegurar que me reconoció. Por lo pronto, le dijo al centroforward: «Ay, querido» y con un movimiento musculoso y coqueto arrimó su cabeza a la corbata con jirafas. Después dieron vuelta por Ejido. Gran interrogante. ¿Qué tiene que ver esta tipa con la que la otra tarde se desnudó en tiempo récord?

Lunes 1.° de abril

Hoy me mandaron, para que yo lo atendiera, al «judío que viene a pedir trabajo». Cada dos o tres meses aparece por aquí. El gerente no sabe cómo sacárselo de encima. Es un tipo alto, pecoso, de unos cincuenta años; habla horriblemente el español y quizá lo escriba peor. Su cantilena informa siempre que su especialización es correspondencia en tres o cuatro idiomas, taquigrafía en alemán, contabilidad de costos. Extrae del bolsillo una carta en estado de absoluto deterioro, en la cual el jefe de personal de no sé qué instituto de La Paz, Bolivia, certifica que el señor Franz Heinrich Wolff prestó servicios a entera satisfacción y se retiró por su propia voluntad. Sin embargo, la expresión del tipo está lo más alejada posible de toda voluntad, propia o ajena. Ya conocemos de memoria todos sus tics, todos sus argumentos, toda su resignación. Porque él siempre insiste en que le hagan una prueba, pero cuando lo ponemos a escribir a máquina, la carta siempre le sale mal; a las pocas preguntas que se le formulan responde siempre con tranquilos silencios. No puedo imaginar de qué vive. Su aspecto es a la vez limpio y miserable. Parece estar inexorablemente convencido de su fracaso; no se otorga la mínima posibilidad de tener éxito, pero sí la obligación de ser empecinado, sin importarle mayormente frente a cuántas negativas deba estrellarse. Yo no sabría decir exactamente si el espectáculo es patético, repugnante o sublime, pero creo que nunca podré olvidar la cara (¿serena?, ¿resentida?) con que el hombre recibe siempre el resultado negativo de la prueba y la semirreverencia con que se despide. Alguna vez lo he visto por la calle, caminando despacio o mirando simplemente el río de la gente que pasa y que quizá le inspire alguna reflexión. Creo que jamás logrará sonreír. Su mirada podría ser la de un loco o la de un sabio o la de un simulador o la de alguien que ha sufrido mucho. Pero lo cierto es que, cada vez que lo veo, a mí me deja una sensación de incomodidad. Como si yo fuera en parte culpable de su estado, de su miseria, y —lo peor de todo— como si él supiera que yo soy culpable. Ya sé que es una idiotez. Yo no puedo conseguirle empleo en mi oficina; además, él no sirve.

¿Y entonces? Quizá yo sepa que hay otras formas de ayudar a un semejante. ¿Pero cuáles? ¿Consejos, por ejemplo? No quiero ni pensar la cara con que los recibiría. Hoy, después que le dije por décima vez que no, sentí que me venía una bocanada de lástima y me decidí a tenderle la mano con un billete de diez pesos. El me dejó con la mano tendida, me miró fijamente (una mirada bastante complicada, aunque creo que en ella el ingrediente principal era, a su vez, la lástima) y me dijo con ese desagradable acento de eres que suenan como ges: «Usted no compgende.» Lo cual es rigurosamente cierto. No comprendo y basta. No quiero pensar más en todo esto.

Martes 2 de abril

Me veo poco con mis hijos. Especialmente con Jaime. Es curioso, porque es precisamente a Jaime a quien quisiera ver más a menudo. De los tres es el único que tiene humor. No sé qué validez tiene la simpatía en las relaciones entre padre e hijos, pero lo cierto es que Jaime es, de los tres, el que me resulta más simpático. Pero, en compensación, es también el menos transparente.

Hoy lo vi, pero él no me vio. Una curiosa experiencia. Yo estaba en Convención y Colonia, despidiéndome de Muñoz que me había acompañado hasta allí. Jaime pasó por la vereda de enfrente. Iba con otros dos, que tenían algo desagradable en el porte o en el vestir; no me acuerdo bien, porque me fijé especialmente en Jaime. No sé qué les iría diciendo a los otros, pero éstos se reían con grandes aspavientos. El iba serio, pero su expresión era de satisfacción, o quizás no, más bien provenía del convencimiento de su superioridad, del claro dominio que en ese momento ejercía sobre sus acompañantes.

A la noche le dije: «Hoy te vi por Colonia. Ibas con otros dos.» Me pareció que se ponía colorado. Acaso me equivoqué. «Un compañero de oficina y su primo», dijo. «Parece que los divertías mucho», agregué. «Uh, esos se ríen de cualquier pavada.»

Entonces, creo que por primera vez en su vida, me hizo una pregunta personal, una pregunta que se refería a mis propias preocupaciones: «Y... ¿para cuándo calculás que estará pronta tu jubilación?» ¡Jaime preguntando por mi jubilación! Le dije que Esteban le había hablado a un amigo para que la apurara. Pero tampoco puede apurarla demasiado. Es inevitable que, antes que nada, yo cumpla mis cincuenta. «¿Y cómo te sentís?», preguntó. Yo me reí y me limité a encogerme de hombros. No dije nada, por dos razones. La primera, que todavía no sé qué haré con mi ocio. La segunda, que estaba conmovido con ese repentino interés. Un buen día, hoy.

Jueves 4 de abril

Otra vez tuvimos que quedarnos hasta tarde. Ahora la culpa fue nuestra: hubo que buscar una diferencia. Todo un problema para elegir la gente. El pobre Robledo me miraba desafiante, pero no lo elegí; prefiero que piense que me tiene dominado. Santini tenía un cumpleaños, Muñoz anda con una uña encarnada que lo tiene de muy mal humor, Sierra hace dos días que no viene. Al final se quedaron Méndez y Avellaneda. A las ocho menos cuarto, se me acercó Méndez muy misterioso y me preguntó para cuánto tendríamos. Le dije que por lo menos hasta las nueve. Entonces, más misterioso aún y tomando las máximas precauciones para que no lo escuchara Avellaneda, me confesó que a las nueve tenía un programa y que primero quería ir a su casa para bañarse, afeitarse, cambiarse, etc. Todavía lo hice sufrir un poco. Le pregunté: «¿Está buena?» «Es un poema, jefe.» Ellos saben bien que la única arma para conquistarme es la franqueza. Y se pasan de francos. Le di permiso, claro.

Pobre Avellaneda. En cuanto quedamos solos en el enorme local, se puso más nerviosa que de costumbre. Cuando me alcanzó una planilla y vi que le temblaba la mano, le pregunté a quemarropa: «¿Tengo un aspecto muy amenazante? No se ponga así, Avellaneda.» Se rió y desde ese momento trabajó más tranquila. Es todo un problema hablarle. Siempre tengo que estar a medio camino entre la severidad y la confianza. Tres o cuatro veces la miré de reojo. Se ve que es una buena chica. Tiene rasgos definidos, de tipa leal. Cuando se aturulla un poco con el trabajo, inevitablemente se despeina y eso le queda bien. Sólo a las nueve y diez encontramos la diferencia. Le pregunté si quería que la acompañase. «No, señor Santomé, de ningún modo.» Pero mientras caminábamos hasta la Plaza, hablamos del trabajo. Tampoco aceptó un café. Le pregunté dónde vivía y con quién. Padre y madre. ¿Novio? Fuera de la oficina debo inspirarle menos respeto, porque contestó afirmativamente y en un tono normal. «¿Y cuándo tendremos colecta?», pregunté, como es de ritual en estos casos. «Oh, hace sólo un año que hablamos.» Yo creo que después de haberme confesado que tenía novio, se sintió más defendida e interpretó mis preguntas como un interés casi paternal. Reunió todo su coraje para averiguar si yo era casado, si tenía hijos, etc. Se puso muy seria ante la notificación de mi viudez y creo que estuvo luchando entre cambiar rápidamente de tema o acompañarme el sentimiento con veinte años de atraso. Triunfó la cordura y pasó a hablarme de su novio. Apenas me había enterado de que trabajaba en el Municipio, cuando apareció su trole. Me dio la mano y todo, qué barbaridad.

Viernes 5 de abril

Carta de Aníbal. Se aburrió en San Pablo y regresa a fin de mes. Para mí es una buena noticia. Tengo pocos amigos y Aníbal es el mejor. Por lo menos es el único con quien puedo hablar de ciertos temas sin sentirme ridículo. Alguna vez tendremos que investigar en qué se basa nuestra afinidad. Él es católico, yo no soy nada. Él es mujeriego, yo me limito a lo indispensable. Él es activo, creador, categórico; yo soy rutinario e indeciso. Lo cierto es que, muchas veces, él me empuja a tomar una decisión; otras, soy yo el que lo freno con alguna de mis dudas. Cuando murió mi madre —hará en agosto quince años— yo estaba hecho una ruina. Sólo me sostenía una fervorosa rabia contra Dios, los parientes, el prójimo. Cada vez que recuerdo el velorio interminable, siento asco. Los asistentes se dividían en dos clases: los que empezaban a llorar desde la puerta y después me sacudían entre sus brazos, y los que llegaban tan sólo a cumplir, me daban la mano con empalagosa compunción y a los diez minutos estaban contando chistes verdes. Entonces llegó Aníbal, se acercó, ni siquiera me dio la mano, y se puso a hablar con naturalidad: de mí, de sí mismo, de su familia, incluso de mi madre. Esa naturalidad fue una especie de bálsamo, de verdadero consuelo; yo la interpreté como el mejor homenaje que alguien podía hacer a mi madre, y a mí mismo en mi afecto por mi madre. Es tan sólo un detalle, un episodio casi insignificante, eso lo comprendo bien, pero tuvo lugar en uno de esos momentos en que el dolor lo pone a uno exageradamente receptivo.

Sábado 6 de abril

Sueño descabellado. Yo venía de atravesar en pijama el Parque de los Aliados. De pronto, en la vereda de una casa lujosa, de dos plantas, vi que estaba Avellaneda. Me acerqué sin vacilar. Ella tenía puesto un vestidito liso, sin adornos ni cinturón, directamente sobre la carne. Estaba sentada en un banquito de cocina, junto a un eucaliptus, y pelaba papas. De pronto tuve conciencia de que ya era de noche y me acerqué y le dije: «Qué rico olor a campo.» Al parecer, mi argumento fue decisivo, porque inmediatamente me dediqué a poseerla, sin que mediase resistencia alguna de su parte.

Esta mañana, cuando apareció Avellaneda con un vestidito liso, sin adornos ni cinturón, no pude aguantarme y le dije: «Qué rico olor a campo.» Me miró con auténtico pánico, exactamente como se mira a un loco o a un borracho. Para peor de males traté de explicarle que estaba hablando solo. No la convencí, y al mediodía, cuando se fue, todavía me vigilaba con cierta prevención. Una prueba más de que es posible ser más convincente en los sueños que en la realidad.

Domingo 7 de abril

Casi todos los domingos, almuerzo y ceno solo, e inevitablemente me pongo melancólico. «¿Qué he hecho de mi vida?» es una pregunta que suena a Gardel o a Suplemento Femenino o artículo del *Reader's Digest*. No importa. Hoy domingo, me siento más allá de lo irrisorio y puedo hacerme preguntas de ese tipo. En mi historia particular, no se han operado cambios irracionales, virajes insólitos y repentinos. Lo más insólito fue la muerte de Isabel. ¿Residirá en esa muerte la clave verdadera de lo que yo considero mi frustración? No lo creo. Más aún, cuanto más me investigo, más me convenzo de que esa muerte joven fue una desgracia, digamos, con suerte. (Por Dios, qué vulgar y mezquino suena esto. Yo mismo me horrorizo.) Quiero decir que en el momento en que Isabel desaparece, yo tenía veintiocho años y ella veinticinco. Estábamos, pues, en pleno auge del deseo. Creo que mi deseo físico más vehemente me fue inspirado por ella. Será por eso tal vez que si bien soy incapaz de reconstruir (con mis propias imágenes, no con fotografías o recuerdos de recuerdos) el rostro de Isabel, puedo en cambio volver a sentir en mis manos, todas las veces que lo necesite, el tacto particular de su cintura, de su vientre, de sus pantorrillas, de sus senos. ¿Por qué las palmas de mis manos tienen una memoria más fiel que mi memoria? Una consecuencia puedo extraer de todo esto: que si Isabel hubiera vivido los suficientes años más como para que su cuerpo se aflojara (eso tenía de bueno: su piel lisa y tirante en todas sus zonas) y aflojara, por ende, mi capacidad de desearla, no puedo garantizar qué hubiera sido de nuestro vínculo ejemplar. Porque toda nuestra armonía, que era cierta, dependía inexorablemente de la cama, de nuestra cama. No quiero decir con esto que durante el día nos lleváramos como perro y gato; por el contrario, en nuestra vida cotidiana se usaba una buena dosis de concordia. Pero ¿cuál era el freno para los estallidos, para los desbordes? Sencillamente, el goce de las noches, su presencia protectora en medio de los sinsabores del día. Si alguna vez el odio nos tentaba y empezábamos a apretar los labios, nos cruzaba por los ojos el aliciente de la noche, pasada o futura, y entonces, inevitablemente, nos envolvía una oleada de ternura que aplacaba todo brote de rencor. En eso no estoy disconforme. Mi matrimonio fue una buena cosa, una alegre temporada.

Pero ¿y lo demás? Porque está la opinión que uno puede tener de sí mismo, algo que increíblemente tiene poco que ver con la vanidad. Me refiero a la opinión cien por ciento sincera, la que uno no se atrevería a confesarle ni al espejo frente al que se afeita. Recuerdo que hubo una época (allá entre mis dieciséis y mis veinte años) en que tuve una buena, casi diría una excelente opinión de mí mismo. Me sentía con impulso para empezar y llevar a cabo «algo grande», para ser útil a muchos, para enderezar las cosas. No puede decirse que fuera la mía una actitud cretinamente egocéntrica. Aunque me hubiera gustado recibir la aceptación y hasta el aplauso ajenos, creo que mi primer objetivo no era usar de los otros, sino serles de utilidad. Ya sé que esto no es caridad pura y cristiana; además, no me importa mucho el sentido cristiano de la caridad. Recuerdo que yo no pretendía ayudar a los menesterosos, o a los tarados, o a los miserables (creo cada vez menos en la ayuda caóticamente distribuida). Mi intención era más modesta; sencillamente, ser de utilidad para mis iguales, para quienes tenían un más comprensible derecho a necesitar de mí.

La verdad es que esa excelente opinión acerca de mí mismo ha decaído bastante. Hoy me siento vulgar y, en algunos aspectos, indefenso. Soportaría mejor mi estilo de vida si no tuviera conciencia de que (sólo mentalmente, claro) estoy por encima de esa vulgaridad. Saber que tengo, o tuve, en mí mismo elementos suficientes como para encaramarme a otra posibilidad, saber que soy superior, no demasiado, a mi agotada profesión, a mis pocas diversiones, a mi ritmo de diálogo: saber todo eso no ayuda por cierto a mi tranquilidad, más bien me hace sentirme más frustrado, más inepto para sobreponerme a las circunstancias. Lo peor de todo es que no han acaecido terribles cosas que me cercaran (bueno, la muerte de Isabel es algo fuerte, pero no puedo llamarla terrible; después de todo, ¿existe algo más natural que irse de este mundo?), que frenaran mis mejores impulsos, que impidieran mi desarrollo, que me ataran a una rutina aletargante. Yo mismo he fabricado mi rutina, pero por la vía más simple: la acumulación. La seguridad de saberme capaz para algo mejor, me puso en las manos la postergación, que al fin de cuentas es un arma terrible y suicida. De ahí que mi rutina no haya tenido nunca carácter ni definición; siempre ha sido provisoria, siempre ha constituido un rumbo precario, a seguir nada más que mientras duraba la postergación, nada más que para aguantar el deber de la jornada durante ese período de preparación que al parecer yo consideraba imprescindible, antes de lanzarme definitivamente hacia el cobro de mi destino. Qué pavada, ¿no? Ahora resulta que no tengo vicios importantes (fumo poco, sólo de aburrido tomo una cañita de cuando en cuando), pero creo que ya no podría dejar de postergarme: éste es mi vicio, por otra parte incurable. Porque si ahora mismo me decidiera a asegurarme, en una especie de tardío juramento: «Voy a ser exactamente lo que quise ser», resultaría que todo sería inútil. Primero, porque me siento con escasas fuerzas como para jugarlas a un cambio de vida, y luego, porque ¿qué validez tiene ahora para mí aquello que quise ser? Sería algo así como arrojarme conscientemente a una prematura senilidad. Lo que deseo ahora es mucho más modesto que lo que deseaba hace treinta años y, sobre todo, me importa mucho menos obtenerlo. Jubilarme, por ejemplo. Es una aspiración, naturalmente, pero es una aspiración en cuestabajo. Sé que va a llegar, sé que vendrá sola, sé que no será preciso que yo proponga nada. Así es fácil, así vale la pena entregarse y tomar decisiones.

Martes 9 de abril

Esta mañana me llamó *el Adoquín* Vignale. Le hice decir que no estaba, pero cuando me volvió a llamar a la tarde, me sentí obligado a atenderlo. En esto soy categórico: si tengo esta relación (no me atrevo a llamarla amistad) es tal vez porque la merezco.

Quiere venir a casa. «Algo confidencial, viejo. No puedo decírtelo por teléfono, ni tampoco puedo traerte a casa para esto.» Quedamos combinados para el jueves de noche. Vendrá después de la cena.

Miércoles 10 de abril

Avellaneda tiene algo que me atrae. Eso es evidente, pero ¿qué es?

Jueves 11 de abril

Falta media hora para que cenemos. Esta noche viene Vignale. Sólo estaremos Blanca y yo. Los muchachos desaparecieron no bien se enteraron de la visita. No los acuso. Yo también hubiera escapado.

En Blanca se ha operado un cambio. Tiene color en las mejillas, y no es artificial; tiene color aún después de lavarse la cara. A veces se olvida de que estoy en la casa y se pone a cantar. Tiene poca voz pero la maneja con gusto. Me agrada oírla. ¿Qué pasará por la cabeza de mis hijos? ¿Estarán en el momento de las aspiraciones en cuestarriba?

Viernes 12 de abril

Ayer Vignale llegó a las once y se fue a las dos de la mañana. Su problema cabe en pocas palabras: su concuñada se ha enamorado de él. Vale la pena transcribir, aunque sólo sea aproximadamente, la versión de Vignale: «Fijate que ellos hace seis años que viven con nosotros. Seis años no son cuatro días. No te voy a decir que hasta ahora nunca me hubiera fijado en la Elvira. Vos ya te diste cuenta de que está bastante buena. Y si la vieras en traje de baño, se te caen las medias. Pero, che, una cosa es mirar y otra aprovechar. ¿Qué querés? Mi patrona ya está un poco jamona y además está agotada por el trabajo de la casa y el cuidado de los chiquilines. Podrás imaginarte que después de quince años de casado no es cosa de verla e *ipso facto* inflamarse de pasión. Además, tiene unos períodos que le duran como una quincena, así que es bastante difícil que mis ganas lleguen a coincidir con su disponibilidad. La verdad es que muchas veces ando hambriento y me como con los ojos las pantorrillas de la Elvira, que, para peor de males, entrecasa anda siempre de *shorts*. La cosa es que la mujer ha interpretado mal mis miradas; bueno, en realidad las ha interpretado bien, pero no era para tanto. La pura verdad es que si hubiera sabido que la Elvira gustaba de mí, ni la habría observado, porque lo que menos quiero es armar relajo dentro de mi propio hogar, que para mí siempre fue sagrado. Primero fueron miradas y yo haciéndome el oso. Pero el otro día se me cruzó de piernas, así nomás, en *shorts,* y no tuve más remedio que decirle: "Tené cuidado." Me contestó: "No quiero tener cuidado'', y fue el acabóse. A continuación me preguntó si era ciego, que yo bien sabía que no le era indiferente, etc., etc. Aunque estaba seguro que de nada iba a servir, le recordé la existencia del marido, o sea mi cuñado, y ¿sabés qué me contestó?: " ¿Quién? ¿Ese tarado?" Y ahí está lo peor: que tiene razón, Francisco es un tarado. Eso es lo que me enfría un poco los escrúpulos. ¿Vos qué harías en mi lugar?»

Yo en su lugar no tendría problemas: primero, no me hubiera casado con la idiota de su mujer, y segundo, no me sentiría atraído en absoluto por la carne blanda de la otra veterana. Pero no pude decirle otra cosa que lugares comunes: «Tené cuidado. Mirá que no te la vas a poder sacar de encima. Si querés rifarte toda tu situación familiar, entonces dale; pero si esa situación te importa más que todo, entonces no te arriesgues.»

Se fue compungido, preocupado, indeciso. Creo, sin embargo, que la frente de Francisco está en peligro.

Domingo 14 de abril

Esta mañana tomé un ómnibus, me bajé en Agraciada y 19 de Abril. Hace años que no iba por ahí. Me hice la ilusión de que visitaba una ciudad desconocida. Sólo ahora me di cuenta de que me he acostumbrado a vivir en calles sin árboles. Y qué irremediablemente frías pueden llegar a ser.

Una de las cosas más agradables de la vida: ver cómo se filtra el sol entre las hojas.

Buena mañana la de hoy. Pero a la tarde dormí una siesta de cuatro horas y me levanté de mal humor.

Martes 16 de abril

Sigo sin averiguar qué es lo que me atrae en Avellaneda. Hoy la estuve estudiando. Se mueve bien, se recoge armoniosamente el pelo, sobre las mejillas tiene una leve pelusa, como de durazno. ¿Qué hará con el novio? O mejor, ¿qué hará el novio con ella? ¿Jugarán a la parejita decente o se calentarán como cualquier hijo de vecino? Pregunta clave para un servidor: ¿Envidia?

Miércoles 17 de abril

Dice Esteban que si quiero tener la jubilación para fin de año, la cosa hay que empezarla ahora. Dice que me va a ayudar a moverla, pero que aun así llevará tiempo. Ayudar a moverla quizá signifique untarle la mano a alguien. No me gustaría. Sé que el más indigno es el otro, pero yo tampoco sería inocente. La teoría de Esteban es que es necesario desempeñarse en el estilo que exige el ambiente. Lo que en un ambiente es simplemente honrado, en otro puede ser simplemente imbécil. Tiene algo de razón, pero me desalienta que tenga razón.

Jueves 18 de abril

Vino el inspector: amable, bigotudo. Nadie hubiera pensado que fuese tan cargoso. Empezó pidiendo datos del último balance y terminó solicitando una discriminación de rubros que figura en el inventario inicial. Me pasé acarreando viejos y destartalados libros desde la mañana hasta última hora de la tarde. El inspector era un primor: sonreía, pedía perdón, decía: «Mil gracias.» Un encanto el tipo. ¿Por qué no se morirá? Al principio estuve amasando mi rabia, contestando entre dientes, puteando mentalmente. Después la bronca cedió paso a otra sensación. Empecé a sentirme viejo. Esos datos iniciales de 1929, los había escrito yo; esos asientos y contrasientos que figuraban en el borrador de Diario, los había escrito yo; esos transportes a lápiz en el libro de Caja, los había escrito yo. En ese entonces era sólo un pinche, pero ya me daban a hacer cosas importantes, aunque la módica gloria fuera sólo del jefe, exactamente como ahora gano yo mi módica gloria por las cosas importantes que hacen Muñoz y Robledo. Me siento un poco como el Herodoto de la empresa, el registrador y el escriba de su historia, el testigo sobreviviente. Veinticinco años. Cinco lustros. O un cuarto de siglo. No. Parece mucho más sobrecogedor decir, lisa y llanamente, veinticinco años, ¡y cómo ha ido cambiando mi letra! En 1929 tenía una caligrafía despatarrada: las «t» minúsculas no se inclinaban hacia el mismo lado que las «d», que las «b» o que las «h», como si no hubiera soplado para todas el mismo viento. En 1939, las mitades inferiores de las «f», las «g» y las «j» parecían una especie de flecos indecisos, sin carácter ni voluntad. En 1945 empezó la era de las mayúsculas, mi regusto en adornarlas con amplias curvas, espectaculares e inútiles. La «M» y la «H» eran grandes arañas, con tela y todo. Ahora mi letra se ha vuelto sintética, pareja, disciplinada, neta. Lo que sólo prueba que soy un simulador, ya que yo mismo me he vuelto complicado, desparejo, caótico, impuro. De pronto, al pedirme el inspector un dato correspondiente a 1930, reconocí mi caligrafía, mi caligrafía de una etapa especial. Con la misma letra que escribí: «Detalle de sueldos pagados al personal en el mes de agosto de 1930», con esa misma letra y en ese mismo año, había escrito dos veces por semana: «Querida Isabel», porque Isabel vivía entonces en Melo y yo le escribía puntualmente los martes y viernes. Esa había sido, pues, mi letra de novio. Sonreí, arrastrado por los recuerdos, y el inspector sonrió conmigo. Después me pidió otra discriminación de rubros.

Sábado 20 de abril

¿Estaré reseco? Sentimentalmente, digo.

Lunes 22 de abril

Nuevas confesiones de Santini. Otra vez refe-
rentes a la hermanita de diecisiete años. Dice que cuando los padres no están en la casa, ella viene a su cuarto
y baila casi desnuda frente a él. «Tiene un traje de baño
de esos de dos partes, ¿sabe? Bueno, cuando viene
a bailar a mi cuarto, se quita la parte de arriba.» «¿Y
vos qué haces?» «Yo... me pongo nervioso.» Le dije
que si solamente se ponía nervioso, no había peligro.
«Pero, señor, eso es inmoral», dijo, agitando la muñeca
con la cadenita y la medalla. «Y ella, ¿qué razones te
da para venir a bailar delante tuyo con tan poca ropa?»
«Fíjese, señor, dice que a mí no me gustan las mujeres
y que ella me va a curar.» «¿Y es cierto eso?» «Bueno,
aunque fuera cierto... no tiene por qué hacerlo... por
ella misma... me parece.» Entonces me resigné a hacerle la pregunta que él estaba buscando desde hacía tiempo: «Y los hombres, ¿te gustan?» Sacudió otra vez la
cadenita y la medalla. Dijo: «Pero eso es inmoral,
señor», me hizo un guiño que estaba a medio camino
entre lo travieso y lo asqueroso y, antes de que yo
pudiera agregar nada, me preguntó: «¿O usted no lo
cree así?» Lo saqué vendiendo boletines y le mandé un
trabajo de esos bien pudridores. Tiene por lo menos
para diez días de no levantar la cabeza. Eso es lo que
me faltaba: un marica en la sección. Parece que es del
tipo «con escrúpulos». Qué alhaja. Una cosa es cierta,
sin embargo: que la hermanita se las trae.

Miércoles 24 de abril

Hoy, como todos los 24 de abril, cenamos juntos. Buen motivo: el cumpleaños de Esteban. Creo que
todos nos sentimos un poco obligados a mostrarnos

alegres. Ni siquiera Esteban parecía alunado; hizo algunos chistes, aguantó a pie firme nuestros abrazos.

El menú preparado por Blanca fue el punto más alto de la noche. Naturalmente, eso también predispone al buen humor. No es del todo absurdo que un pollo a la portuguesa me deje más optimista que una tortilla de papas. ¿No se le habrá ocurrido a ningún sociólogo efectuar un detenido análisis sobre la influencia de las digestiones en la cultura, la economía y la política uruguayas? ¡Cómo comemos, Dios mío! En la alegría, en el dolor, en el asombro, en el desaliento. Nuestra sensibilidad es primordialmente digestiva. Nuestra innata vocación de demócratas se apoya en un viejo postulado: «Todos tenemos que comer.» A nuestros creyentes les importa sólo en parte que Dios les perdone sus deudas, pero en cambio piden de rodillas, con lágrimas en los ojos, que no les falte el pan nuestro de cada día. Y ese Pan Nuestro no es —estoy seguro— un mero símbolo: es un pan alemán de a kilo.

Bueno, comimos bien, tomamos un buen clarete, festejamos a Esteban. Al final de la cena, cuando revolvíamos lentamente el café, Blanca dejó caer una noticia: tiene novio. Jaime la envolvió con una mirada rara, indefinida (¿qué es Jaime?, ¿quién es Jaime?, ¿qué quiere Jaime?). Esteban preguntó alegremente el nombre del «infeliz». Yo creo que me sentí contento y lo dejé traslucir. «¿Y cuándo conocemos a esa monada?», pregunté. «Mirá, papá, Diego no va a hacer esas visitas protocolares de lunes, miércoles y viernes. Nos encontramos en cualquier parte, en el Centro, en su casa, aquí.» Cuando dijo «en su casa» debimos haber fruncido nuestros ceños, porque ella se apresuró a agregar: «Vive con su madre, en un apartamento. No tengan miedo.» «Y la madre, ¿nunca sale?», preguntó Esteban, ya un poco agrio. «No te pongas pesado», dijo Blanca y en seguida me lanzó la pregunta: «Papá, quiero saber si vos me tenés confianza. Es la única opinión que me importa. ¿Me tenés confianza?» Cuando me preguntan así, a quemarropa, hay una sola cosa que puedo contestar. Mi hija lo sabe. «Claro que te tengo confianza», dije. Esteban se limitó a dejar constancia de su incredulidad en una sonora carraspera. Jaime siguió callado.

Viernes 26 de abril

El gerente convocó a otra reunión de jefes. No estaba Suárez, por suerte tiene gripe. Martínez aprovechó la ocasión para decir algunas verdades. Estuvo bien. Le admiro la energía. A mí en el fondo me importan un cuerno: la oficina, los títulos, las jerarquías y otras pavadas. Nunca me sentí atraído por las jerarquías. Mi lema secreto: «Cuanto menos jerarquías, menos responsabilidad.» La verdad es que uno vive más cómodo sin grandes cargos. En cuanto a Martínez, está bien lo que hace. De todos los jefes, los únicos que podrían aspirar a una subgerencia (cargo a llenar a fin de año) seríamos, por orden de antigüedad: yo, Martínez y Suárez. A mí Martínez no me teme, porque sabe que me jubilo. En cambio le tiene miedo (y con razón) a Suárez, porque desde que éste anda con la Valverde, sus progresos han sido notables: de ayudante del cajero pasó a Oficial 1.º a mediados del año pasado, de Oficial 1.º a Jefe de Expedición hace apenas cuatro meses. Martínez sabe perfectamente que la única forma de defenderse de Suárez, es desacreditarlo totalmente. Por cierto que para eso no tiene que exprimir demasiado su imaginación, ya que Suárez es, en cuanto a cumplimiento, una calamidad. Se sabe inmune, se sabe odiado, pero el escrúpulo no ha sido nunca su especialidad.

Había que ver la cara del gerente cuando el otro soltó su entripado. Martínez le preguntó directamente si «el señor Gerente no sabía si algún otro miembro del Directorio tenía alguna hija disponible que quisiera acostarse con jefes de sección», agregando que él «estaba a las órdenes». El gerente le preguntó qué buscaba con eso, si quería que lo suspendieran. «De ningún modo», aclaró Martínez, «lo que busco es un ascenso. Tengo entendido que el procedimiento es éste». El gerente daba lástima. El hombre sabe que Martínez tiene razón, pero, además, sabe que él no puede hacer nada. Por ahora, al menos, Suárez es intocable.

Domingo 28 de abril

Llegó Aníbal. Fui a recibirlo al Aeropuerto. Está más flaco, más viejo, más gastado. De todos modos, fue una alegría volverlo a ver. Hablamos muy poco, porque estaban las tres hermanas y yo nunca me he llevado bien con esos loros. Quedamos en vernos uno de estos días; me llamará a la oficina.

Lunes 29 de abril

Hoy la sección era un desierto. Faltaron tres. Además, Muñoz anduvo en la calle y Robledo tuvo que revisar las fichas con la sección Ventas. Menos mal que a esta altura del mes no hay mucho trabajo. El jaleo viene siempre después del primero. Aproveché la soledad y la escasez de trabajo para charlar un rato con Avellaneda. Hace unos cuantos días que la noto apagada, casi triste. Eso sí, le sienta la tristeza. Le afila los rasgos, le pone los ojos melancólicos, la hace más joven aún. Me gusta Avellaneda, creo que ya escribí esto alguna vez. Le pregunté qué le pasaba. Se acercó a mi mesa, me sonrió (qué bien sonríe), no dijo nada. «Hace unos cuantos días que la noto apagada, casi triste», le dije, y a fin de que mi comentario tuviera el mismo equipo de palabras que mi pensamiento, agregué: «Eso sí, le sienta la tristeza.» No lo tomó como un piropo. Sólo se le alegraron los ojos melancólicos, y dijo: «Usted es muy bueno, señor Santomé.» ¿Por qué el «señor Santomé», Dios mío? Había sonado tan bien la primera parte… El «señor Santomé» me recordó mi casi cincuentena, apagó inexorablemente mis humos, y sólo me restaron fuerzas para preguntarle en tono fallutamente paternal: «¿El novio?» A la pobre Avellaneda se le llenaron los ojos de lágrimas, sacudió la cabeza en un gesto que parecía una afirmación, balbuceó un «perdón» y salió corriendo hacia el cuarto de baño. Yo quedé por un rato sin saber qué hacer delante de mis papeles; creo que estaba conmovido. Me sentí agitado, como hace mucho no me sentía. Y no era la nerviosidad corriente de alguien que ve a una mujer llorando o a punto de. Mi agitación era mía, sólo mía; la agitación de asistir a mi propia conmoción. De pronto se hizo la luz en mi propio cerebro: ¡Entonces no estoy reseco! Cuando regresó Avellaneda, ya sin lágrimas y un poco avergonzada, yo todavía estaba disfrutando egoístamente de mi novel descubrimiento. No estoy reseco, no estoy reseco. Entonces la miré con gratitud, y como en ese momento regresaban Muñoz y Robledo, ambos nos pusimos a trabajar como obedeciendo a un secreto acuerdo.

Martes 30 de abril

Vamos a ver, ¿qué me pasa? Todo el día estuvo transitando por mi cabeza, como si se tratara de un *slogan* recurrente, la única frase: «Así que se peleó con el novio.» Y a continuación mi ritmo respiratorio se alegraba. El mismo día en que descubro que no estoy reseco, me siento en cambio intranquilizadoramente egoísta. Bueno, creo que, a pesar de todo, esto significa un paso adelante.

Miércoles 1.º de mayo

El Día de los Trabajadores más aburrido de la historia universal. Para peor: gris, lluvioso, prematuramente invernal. Las calles sin gente, sin ómnibus, sin nada. Y yo en mi cuarto, en mi cama camera de uno solo, en este oscuro, pesado silencio de las siete y media. Ojalá fueran ya las nueve de la mañana y yo estuviera en mi escritorio y de vez en cuando mirara hacia la izquierda y encontrara aquella figurita triste, concentrada, indefensa.

Jueves 2 de mayo

No quise hablar con Avellaneda. Primero, porque no quiero asustarla; segundo, porque no sé realmente qué decirle. Antes tengo que saber con precisión qué me está sucediendo. No puede ser que, a mis años, aparezca de pronto esta muchacha, que ni siquiera es definidamente linda, y se convierta en el centro de mi atención. Me siento nervioso como un adolescente, eso es cierto, pero cuando miro mi piel que empieza a aflojarse, cuando veo estas arrugas de mis ojos, estas varices de mis tobillos, cuando siento por las mañanas mi tos vejancona, absolutamente necesaria para que mis bronquios empiecen su jornada, entonces ya no me siento adolescente sino ridículo.

Todo el mecanismo de mis sentimientos quedó detenido hace veinte años, cuando murió Isabel. Pri-

mero fue dolor, después indiferencia, más tarde libertad, últimamente tedio. Largo, desierto, invariable tedio. Oh, durante todas estas etapas el sexo siguió activo. Pero la técnica fue de picoteo. Hoy un programa
en el ómnibus, mañana la contadora que estuvo de ins-
pección, pasado la cajera de Edgardo Lamas, S. A. Nunca dos veces con la misma. Una especie de inconsciente
resistencia a comprometerme, a encasillar el futuro en
una relación normal, de base permanente. ¿Por qué
todo eso? ¿Qué estaba defendiendo? ¿La imagen de
Isabel? No lo creo. No me he sentido víctima de ese
trágico compromiso, que, por otra parte, nunca suscribí.
¿Mi libertad? Puede ser. Mi libertad es otro nombre
de mi inercia. Acostarse hoy con una, mañana con otra;
bueno, es un decir, alcanza con una vez por semana.
Lo que pide la naturaleza y nada más; igual que comer,
igual que bañarse, igual que ir de cuerpo. Con Isabel
era diferente, porque había una especie de comunión
y, cuando hacíamos el amor, parecía que cada duro
hueso mío se correspondía con un blando hueco de ella,
que cada impulso mío se hallaba matemáticamente con
su eco receptor. Tal para cual. Igual que cuando uno se
acostumbra a bailar con la misma pareja. Al principio,
a cada movimiento corresponde una réplica; después,
la réplica corresponde a cada pensamiento. Uno solo es
el que piensa, pero son los dos cuerpos los que hacen
la figura.

Sábado 4 de mayo

Aníbal me telefoneó. Mañana nos veremos.
Avellaneda faltó a la oficina. Jaime me pidió
plata. Nunca lo había hecho antes. Le pregunté para
qué la precisaba. «No puedo ni quiero decírtelo. Si
querés me la prestás y si no guardátela. Me da exactamente lo mismo.» «¿Lo mismo?» «Sí, lo mismo, por-

que si tengo que pagar ese precio chusma de abrirte mi vida íntima, mi corazón, mis intestinos, etc., prefiero conseguirla en cualquier otro lado, donde sólo me cobren interés.» Le di el dinero, claro. Pero ¿a qué tanta violencia? Una mera pregunta no es un precio chusma. Lo peor de todo, lo que más rabia me da, es que generalmente hago esas preguntas de puro distraído, ya que lo que menos quiero es meterme en las zonas privadas de los otros y, menos que menos, en las de mis hijos. Pero tanto Jaime como Esteban están siempre en estado de preconflicto en lo que a mí respecta. Ya son tremendos pelotudos; pues entonces, que se las arreglen como puedan.

Domingo 5 de mayo

Aníbal no es el mismo. Siempre tuve la secreta impresión de que él iba a ser joven hasta la eternidad. Pero parece que la eternidad llegó, porque ya no lo encuentro joven. Ha decaído físicamente (está delgado, los huesos se le notan más, la ropa le queda grande, su bigote está como deshilachado), pero no es sólo eso. Desde el tono de su voz, que me parece mucho más opaco que el que yo recordaba, hasta el movimiento de las manos, que han perdido vivacidad; desde su mirada, que en el primer momento me pareció lánguida pero después me di cuenta de que era sólo desencantada, hasta sus temas de conversación, que antes eran chispeantes y ahora son increíblemente grises, todo se sintetiza en una sola comprobación: Aníbal ha perdido su goce de vivir.

No habló casi nada de sí mismo, es decir, habló sólo superficialmente de sí mismo. Juntó algún dinero, parece. Quiere establecerse aquí con un negocio, pero aún no ha decidido en qué ramo. Eso sí, se sigue interesando en la política.

No es mi fuerte. Me di cuenta de eso cuando él empezó a hacer preguntas cada vez más incisivas, como buscando explicaciones a cosas que no alcanza a comprender. Me di cuenta de que esos temitas que uno a veces baraja en charlas de oficina o de café, o sobre los cuales vagamente piensa de refilón cuando lee el diario durante el desayuno, me di cuenta de que sobre esos temas yo no tenía una verdadera opinión formada. Aníbal me obligó y creo que me fui afirmando a medida que le respondía. Me preguntó si yo creía que todo estaba mejor o peor que hace cinco años, cuando él se fue. «Peor», contestaron mis células por unanimidad. Pero luego tuve que explicar. Ufa, qué tarea.

Porque, en realidad, la coima siempre existió, el acomodo también, los negociados, ídem. ¿Qué está peor, entonces? Después de mucho exprimirme el cerebro llegué al convencimiento de que lo que está peor es la resignación. Los rebeldes han pasado a ser semi-rebeldes, los semi-rebeldes a resignados. Yo creo que en este luminoso Montevideo, los dos gremios que han progresado más en estos últimos tiempos son los maricas y los resignados. «No se puede hacer nada», dice la gente. Antes sólo daba su coima el que quería conseguir algo ilícito. Vaya y pase. Ahora también da coima el que quiere conseguir algo lícito. Y esto quiere decir relajo total.

Pero la resignación no es toda la verdad. En el principio fue la resignación; después, el abandono del escrúpulo; más tarde, la coparticipación. Fue un ex resignado quien pronunció la célebre frase: «Si tragan los de arriba, yo también.» Naturalmente, el ex resignado tiene una disculpa para su deshonestidad: es la única forma de que los demás no le saquen ventaja. Dice que se vio obligado a entrar en el juego, porque de lo contrario su plata cada vez valía menos y eran más los caminos rectos que se le cerraban. Sigue manteniendo un odio vengativo y latente contra aquellos pioneros que lo obligaron a seguir esa ruta. Quizá sea, después de todo, el más hipócrita, ya que no hace nada por zafarse. Quizá sea también el más ladrón, porque sabe perfectamente que nadie se muere de honestidad.

¡Lo que es no estar acostumbrado a pensar en todo esto! Aníbal se fue a la madrugada y yo me quedé tan inquieto que no quise pensar en Avellaneda.

Martes 7 de mayo

Hay dos procedimientos para abordar a Avellaneda: *a)* la franqueza, decirle aproximadamente: «Usted me gusta, vamos a ver qué pasa»; *b)* la fallutería, decirle aproximadamente: «Mire, muchacha, que yo tengo mi experiencia, puedo ser su padre, escuche mis consejos.» Aunque parezca increíble, quizá me convenga el segundo. Con el primero arriesgo mucho y además todo está aún demasiado inmaduro. Yo creo que hasta ahora ella ve en mí a un jefe más o menos amable y nada más. Sin embargo, no es tan jovencita. Veinticuatro años no son catorce. En una de ésas es de las que prefieren los tipos maduros. Pero el novio era un pendejo, sin embargo. Bueno, así le fue con él. A lo mejor, ahora, por reacción, se va hacia el otro extremo. Y en el otro extremo puedo estar yo, señor maduro, experimentado, canoso, reposado, cuarenta y nueve años, sin mayores achaques, sueldo bueno. A los tres hijos no los pongo en mi ficha; no ayudan. De todos modos, ella sabe que los tengo.

Ahora bien (y para decirlo en términos de comadre de barrio), ¿cuáles son mis intenciones? La verdad es que no me decido a pensar en algo permanente, del tipo «hasta que la muerte nos separe» (escribí Muerte y ya apareció Isabel, pero Isabel era otra cosa, creo que en Avellaneda me importa menos el lado sexual, o será tal vez que lo sexual importa menos a los cuarenta y nueve años que a los veintiocho), pero tampoco me decido a quedarme sin Avellaneda. Lo ideal, ya lo sé, sería tener a Avellaneda sin obligación de la permanencia. Pero ya es mucho pedir. Se puede intentar, sin embargo.

Antes de que le hable, no puedo saber nada. Todos son cuentos que me hago. Es cierto que, a esta altura, estoy un poco aburrido de las citas a oscuras, de los encuentros en amuebladas. Hay siempre una atmósfera enrarecida y una sensación de inmediatez, de cosa urgente, que pervierte cualquier clase de diálogo que yo sostenga con cualquier clase de mujer. Hasta el momento de acostarme con ella, sea quien sea, lo importante es acostarme con ella; después de hecho el amor, lo importante es irnos, volver cada uno a su cama particular, ignorarnos para siempre. En tantos y tantos años de este juego, no recuerdo ni una sola conversación reconfortante, ni una sola frase conmovedora (mía o ajena), de ésas que están destinadas a reaparecer después, quién sabe en qué instante confuso, para terminar con alguna vacilación, para decidirnos a tomar una actitud que requiera una dosis mínima de coraje. Bueno, esto no es totalmente cierto. En una amueblada de la calle Rivera, debe hacer unos seis o siete años, una mujer me dijo esta frase famosa: «Vos hacés el amor con cara de empleado.»

Miércoles 8 de mayo

Vignale otra vez. Me esperaba a la salida de la oficina. No tuve más remedio que aceptarle un cortado, como prólogo inevitable a una hora de confidencias.

Está radiante. Al parecer, la concuñada tuvo éxito en su ofensiva amorosa, así que están ahora en pleno idilio. «Tiene una metida conmigo, que parece mentira», dijo acariciándose una corbata muy juvenil, crema con rombitos azules, que significaba por cierto una notoria evolución con respecto a las muy arrugadas, de un oscuro marrón indefinido, que usaba en su época de marido a secas, de marido fiel. «Toda una mujer, che, y con hambre atrasada.»

Me imagino el hambre atrasada de la robusta Elvira, y no quiero ni pensar en lo que será del pobre Vignale dentro de seis meses. Pero ahora irradia felicidad por todos sus poros. Cree sinceramente que fue su estampa de varón lo que la sedujo. No se da cuenta de que, frente al «hambre atrasada» de la otra (el pobre Francisco no ha de desmentir, seguramente, su beatífica cara de capón), él sólo representaba el hombre que estaba más a mano, la posibilidad de ponerse al día.

«¿Y tu mujer?», le pregunté, con aire de conciencia vigilante. «Tranquila nomás. ¿Vos sabés lo que me dijo el otro día? Que últimamente yo andaba mucho mejor de genio. Y tiene razón. Hasta el hígado me funciona bien.»

Jueves 9 de mayo

En la oficina no puedo hablarle. Tiene que ser en otra parte. Estoy estudiando su itinerario. Ella se queda a menudo a comer en el Centro. Almuerza con una amiga, una gorda que trabaja en London París. Pero después se separan y ella va a tomar alguna cosa en un café de Veinticinco y Misiones. Tiene que ser un encuentro casual. Es lo mejor.

Viernes 10 de mayo

Conocí a Diego, mi futuro yerno. Primera impresión: me gusta. Tiene decisión en la mirada, habla con una especie de orgullo que (así me parece) no es gratuito, es decir, que se apoya en algo de su propiedad. Me trató con respeto, pero sin adularme. En toda su actitud había algo que me gustó, y creo que gustó también a mi vanidad. Estaba bien predispuesto hacia mí, eso fue evidente, y esa buena predisposición, ¿de qué otra fuente puede venir que no sea de sus conversaciones con Blanca? Yo sería verdaderamente feliz, en este rubro al menos, si supiera que mi hija tiene una buena impresión de mí. Es curioso; no me importa, por ejemplo, la opinión que le merezco a Esteban. Me importa, en cambio, y bastante por cierto, la que les merezco a Jaime y a Blanca. Quizá la rebuscada razón consiste en que, pese a que los tres representan mucho para mí, pese a que en los tres veo reflejados muchos de mis impulsos y de mis inhibiciones, en Esteban noto además una especie de discreta animadversión, una variante de odio que él ni siquiera se atreve a confesarse a sí mismo. No sé qué fue primero, si su rechazo o el mío, pero lo cierto es que yo tampoco lo quiero como a los otros, siempre me sentí lejos de este hijo que nunca para en casa, que me dirige la palabra como por obligación, y que hace que todos nos sintamos como «extraños» en «su familia», la que se compone de él y sólo de él. Jaime tampoco se siente muy inclinado a comunicarse conmigo, pero en su caso no advierto ese tipo de rechazo incontenible. Jaime es, en el fondo, un solitario sin arreglo, y los demás, todos los demás, vienen a pagar los platos rotos.

Volviendo a Diego: me agrada que el muchacho tenga carácter, le hará bien a Blanca. Es un año menor que ella, pero parece cuatro o cinco mayor. Lo esencial es que ella se sienta protegida; por su parte, Blanca es leal, no lo va a defraudar. Me gusta eso de que salgan juntos y solos, sin prima o hermanita acompañante. La camaradería es una linda etapa, insustituible, irrecuperable. Eso no se lo perdonaré nunca a la madre de Isabel; durante el noviazgo se nos pegaba siempre como un parche, nos vigilaba tan estrecha y celosamente que, aunque uno fuera el colmo de la pureza, se sentía obligado a convocar todos los pensamientos pecaminosos que tuviera disponibles. Hasta en aquellas ocasiones —rarísimas, por cierto— en que ella no estaba presente, no nos sentíamos solos; estábamos seguros de que una especie de fantasma con pañoleta registraba todos nuestros movimientos. Si alguna vez nos besábamos, estábamos tan tensos, tan atentos a captar cualquier indicio premonitorio de su aparición en cualquiera de los puntos cardinales del *living,* que el beso nos resultaba siempre un contacto meramente instantáneo, con poco de sexo y menos aún de ternura, y en cambio mucho de susto, de corto circuito, de nervio herido. Ella vive aún; la otra tarde la vi por Sarandí, espigada, resuelta, inacabable, acompañando a la menor de sus seis muchachas y a un desgraciado con cara de novio en custodia. La chica y el candidato no iban del brazo, había entre ellos una luz de por lo menos veinte centímetros. Se ve que la vieja no se ha apeado aún de su famoso lema: «El brazo, cuando me caso.»

Pero vuelvo a alejarme del tema Diego. Dice que trabaja en una oficina, pero que es sólo provisorio. «No puedo conformarme con la perspectiva de verme siempre allá, encerrado, tragando olor a viejo sobre los libros. Estoy seguro de que voy a ser y hacer otra cosa, no sé si mejor o peor que esto que hago, pero otra cosa.» También hubo una época en que yo pensaba así. Sin embargo, sin embargo... Este tipo parece más decidido que yo.

Sábado 11 de mayo

En algún momento le oí decir que los sábados a mediodía se encuentra con una prima en Dieciocho

y Paraguay. Tengo que hablarle. Estuve una hora en
esa esquina, pero no vino. No quiero citarla; tiene que
ser casual.

Domingo 12 de mayo

También le oí decir que los domingos va a la
feria. Tengo que hablarle, así que fui a la feria. Dos
o tres veces me pareció que era ella. En la aglomeración
veía de pronto, entre muchas cabezas, un trozo de pescuezo o un peinado o un hombro que parecían los suyos, pero después la figura se completaba y hasta el
trozo afín pasaba a integrarse con el resto y perdía su
semejanza. A veces una mujer vista desde atrás tenía su
mismo paso, sus caderas, su nuca. Pero de pronto se
daba vuelta y el parecido se convertía en un absurdo.
Lo único que no engaña (así, como rasgo aislado) es la
mirada. En ningún lado encontré sus ojos. No obstante
(sólo ahora lo pienso) no sé cómo son, de qué color.
Regresé cansado, aturdido, fastidiado, aburrido. Aunque hay otra palabra más certera: regresé solitario.

Lunes 13 de mayo

Son verdes. A veces grises. La estaba mirando,
quizá con demasiado detenimiento, y entonces ella me
preguntó: «¿Qué tengo, señor?» Qué ridículo que
me diga «señor». «Tiene la cara tiznada», dije como un
cobarde. Se pasó el índice por la mejilla (un gesto suyo
bastante característico que le estira el ojo hacia abajo,
no le queda bien) y volvió a preguntar: «¿Y ahora?»
«Ahora quedó impecable», contesté, con un poco menos de cobardía. Se sonrojó, y yo pude agregar: «Ahora
ya no está impecable: ahora está linda.» Creo que se

dio cuenta. Creo que ahora sabe que está pasando algo. ¿O lo habrá interpretado como un halago paternal? Me da asco sentirme paternal.

Miércoles 15 de mayo

Estuve en el café de Veinticinco y Misiones. Desde las doce y media hasta las dos. Hice un experimento. «Tengo que hablar con ella», pensé, «por lo tanto tiene que aparecer». Empecé a «verla» en cada mujer que se acercaba por Veinticinco. Ahora no me importaba mayormente que en esta o aquella figura no pudiera reconocer ni un solo detalle que me la recordara. Yo igual la «veía». Una especie de juego mágico (o idiota, todo depende del ángulo desde el que se mire). Sólo cuando la mujer se encontraba a pocos pasos, yo efectuaba un brusco retroceso mental y dejaba de verla, sustituía la imagen deseada por la indeseable realidad. Hasta que, de pronto, el milagro se hizo. Una muchacha apareció en la esquina y, de inmediato, vi en ella a Avellaneda, la imagen de Avellaneda. Pero cuando quise efectuar el consabido retroceso, sucedió que la realidad también era Avellaneda. Qué salto, Dios mío. Creí que el corazón se había instalado en mis sienes. Estaba a dos pasos, junto a mi ventana. Dije: «¿Qué tal? ¿Qué anda haciendo?» El tono era natural, casi rutinario. Miró sorprendida, creo que agradablemente sorprendida, ojalá que agradablemente sorprendida. «Ah, señor Santomé, me dio un susto.» Un solo gesto displicente de mi mano derecha, acompañando una invitación sin énfasis: «¿Un café?» «No, no puedo, qué lástima. Me espera mi padre en el Banco, para un trámite.» Es el segundo café que me rechaza, pero esta vez dijo: «Qué lástima.» Si no lo hubiera dicho, creo que habría tirado un vaso contra el piso o me habría mordido el labio inferior o me habría clavado las uñas en las yemas. No, macanas, pura alharaca; no habría hecho nada. A lo sumo, quedarme desalentado y vacío, con la pierna cruzada, los dientes apretados y los ojos doliéndome de tanto mirar el mismo pocillo. Pero dijo: «Qué lástima», y todavía, antes de dejarme, preguntó: «¿Usted siempre está aquí, a esta hora?» «Claro», mentí. «Entonces postergamos la invitación para otro día.» «Bueno, no se olvide», insistí, y ella se fue. Como a los cinco minutos vino el mozo, me trajo otro café, y dijo, mirando hacia la calle: «¡Qué lindo solcito, eh? Uno se siente como nuevo. Vienen ganas de cantar y todo.» Sólo entonces me oí. Inconscientemente, como un viejo gramófono al que ponen un disco y se olvidan de él, yo había llegado, sin darme cuenta, a la segunda estrofa de *Mi Bandera*.

Jueves 16 de mayo

«¿A que no sabés con quién me encontré?», dijo en el teléfono la voz de Vignale. Mi silencio fue sin duda tan provocativo que él no pudo esperar ni siquiera tres segundos para brindar la solución al acertijo: «Con Escayola, fijate.» Me fijé. ¿Escayola? Cosa rara volver a oír ese nombre, un apellido antiguo, de esos que ya no vienen. «No me digas, ¿y cómo está?»

«Hecho una tonina: pesa 98 kilos.» Bueno, resulta que Escayola se enteró de que Vignale me había encontrado y —naturalmente— una cena figura en el programa.

Escayola. También es de la época de la calle Brandzen. Pero de éste sí me acuerdo. Era un adolescente flacucho, alto, nervioso: para todo tenía pronto un comentario de burla y en general su charla era regocijante. En el café del Gallego Alvarez, Escayola era la estrella. Evidentemente, todos estábamos predispuestos a la risa; porque Escayola decía cualquier cosa (no era necesario que fuese muy graciosa) y ya todos nos tentábamos. Recuerdo que a veces reíamos a los gritos, agarrándonos la barriga. Creo que el secreto estaba en que él se hacía el gracioso, con gran seriedad: una especie de Buster Keaton. Será bueno verlo de nuevo.

Viernes 17 de mayo

Al fin sucedió. Yo estaba en el café, sentado junto a la ventana. Esta vez no esperaba nada, no estaba vigilando. Me parece que hacía números, en el vano intento de equilibrar los gastos con los ingresos de este mayo tranquilo, verdaderamente otoñal, pletórico de deudas. Levanté los ojos y ella estaba allí. Como una aparición o un fantasma o sencillamente —y cuánto mejor— como Avellaneda. «Vengo a reclamar el café del otro día», dijo. Me puse de pie, tropecé con la silla, mi cucharita de café resbaló de la mesa con un escándalo que más bien parecía provenir de un cucharón. Los mozos miraron. Ella se sentó. Yo recogí la cucharita, pero antes de poderme sentar me enganché el saco en ese maldito reborde que cada silla tiene en el respaldo. En mi ensayo general de esta deseada entrevista, yo no había tenido en cuenta una puesta en escena tan movida. «Parece que lo asusté», dijo ella, riendo con franqueza. «Bueno, un poco sí», confesé, y eso me salvó. La naturalidad estaba recuperada. Hablamos de la oficina, de algunos compañeros, le relaté varias anécdotas de tiempos idos. Ella reía. Tenía un saquito verde oscuro sobre una blusa blanca. Estaba despeinada, pero nada más que en la mitad derecha, como si un ventarrón la hubiera alcanzado sólo de ese lado. Se lo dije. Sacó un espejito de la cartera, se miró, se divirtió un rato con lo ridícula que se veía. Me gustó que su buen humor le alcanzara para burlarse de sí misma. Entonces dije: «¿Sabe que usted es culpable de una de las crisis más importantes de mi vida?» Preguntó: «¿Económicas?», y todavía reía. Contesté: «No, sentimental» y se puso seria. «Caramba», dijo, y esperó que yo continuara. Y continué: «Mire, Avellaneda, es muy posible que lo que le voy a decir le parezca una locura. Si es así, me lo dice nomás. Pero no quiero andar con rodeos: creo que estoy enamorado de usted.» Esperé unos instantes. Ni una palabra. Miraba fijamente la cartera. Creo que se ruborizó un poco. No traté de identificar si el rubor era radiante o vergonzoso. Entonces seguí: «A mi edad y a su edad, lo más lógico hubiera sido que me callase la boca; pero creo que, de todos modos, era un homenaje que le debía. Yo no voy a exigir nada. Si usted, ahora o mañana o cuando sea, me dice basta, no se habla más del asunto y tan amigos. No tenga miedo por su trabajo en la oficina, por la tranquilidad en su trabajo; sé comportarme, no se preocupe.» Otra vez esperé. Estaba allí, indefensa, es decir, defendida por mí contra mí mismo. Cualquier cosa que ella dijera, cualquier actitud que asumiera, iba a significar: «Este es el color de su futuro.» Por fin no pude esperar más y dije: «¿Y?» Sonreí un poco forzadamente y agregué, con una voz temblona que estaba desmintiendo el chiste que pretendía ser: «¿Tiene algo que declarar?» Dejó de mirar su cartera. Cuando levantó los ojos, presentí que el momento peor había pasado. «Ya lo sabía», dijo. «Por eso vine a tomar café.»

Sábado 18 de mayo

Ayer, cuando llegué a escribir lo que ella me había dicho, no seguí más. No seguí porque quise que así terminara el día, aun el día escrito por mí, con ese latido de esperanza. No dijo: «Basta.» Pero no sólo no dijo: «Basta», sino que dijo: «Por eso vine a tomar café.» Después me pidió un día, unas horas por lo menos, para pensar. «Lo sabía y sin embargo es una sorpresa; debo reponerme.» Mañana domingo almorzaremos en el Centro. ¿Y ahora qué? En realidad, mi discurso preparado incluía una larga explicación que ni siquiera llegué a iniciar. Es cierto que no estaba muy seguro de que eso fuera lo más conveniente. También había barajado la posibilidad de ofrecerme a aconsejarla, de poner a su disposición la experiencia de mis años. Sin embargo, cuando salí de mis cálculos y la hallé frente a mí, y caí en todos esos ademanes torpes e incontrolados, vislumbré por lo menos que la única salida para escaparme fructuosamente del ridículo era decir lo que dictara la inspiración del momento y nada más, olvidándome de los discursos preparados y las encrucijadas previas. No estoy arrepentido de haber seguido el impulso. El discurso salió breve y —sobre todo— sencillo, y creo que la sencillez puede ser una adecuada carta de triunfo frente a ella. Quiere pensarlo, está bien. Pero yo me digo: si sabía que yo sentía lo que siento, ¿cómo es que no tenía una opinión formada, cómo es que puede vacilar en cuanto a su actitud a asumir? Las explicaciones pueden ser varias: por ejemplo, que en realidad proyecte pronunciar el terrible «basta», pero haya encontrado demasiado cruel el decírmelo así, a quemarropa. Otra explicación: que ella haya sabido (saber, en este caso significa intuir) lo que yo sentía, lo que yo siento, pero, no obstante ello, no haya creído que yo llegara a expresarlo en palabras, en una proposición concreta. De ahí la vacilación. Pero ella vino «por eso» a tomar café. ¿Qué quiere decir? ¿Que deseaba que yo planteara la pregunta y, por lo tanto, la duda? Cuando uno desea que le planteen una pregunta de este tipo, por lo común es para responder con la afirmativa. Pero también puede haber deseado que yo formulara por fin la pregunta, para no seguir esperando, tensa e incómoda, y estar en condiciones, de una vez por todas, de decir que no y recuperar el equilibrio. Además está el novio, el ex novio. ¿Qué pasa con él? No en los hechos (los hechos, evidentemente, indican el cese de las relaciones), sino en ella misma. ¿Seré yo, en definitiva, el impulso que faltaba, el empujoncito que su duda esperaba para decidirla a volver a él? Además están la diferencia de años, mi condición de viudo, mis tres hijos, etc. Y decidirme sobre qué tipo de relación es el que verdaderamente quisiera mantener con ella. Esto último es más complicado de lo que parece. Si este diario tuviera un lector que no fuera yo mismo, tendría que cerrar el día en el estilo de las novelas por entregas: «Si quiere saber cuáles son las respuestas a estas acuciantes preguntas, lea nuestro próximo número.»

Domingo 19 de mayo

La esperé en Mercedes y Río Branco. Llegó con sólo diez minutos de retraso. Su traje sastre de los domingos la mejora mucho, aunque es probable que yo estuviera especialmente preparado para encontrarla mejor, siempre mejor. Hoy sí estaba nerviosa. El trajecito era un buen augurio (quería impresionar bien); los nervios, no. Presentí que por debajo del colorete, sus mejillas y labios estaban pálidos. En el restorán eligió una mesa del fondo, casi escondida. «No quiere que la vean conmigo. Mal augurio», pensé. No bien se sentó, abrió su cartera, sacó su espejito y se miró. «Vigila su aspecto. Buena señal.» Esta vez hubo un cuarto de hora (mientras pedimos el fiambre, el vino, mientras pusimos manteca sobre el pan negro) en que el tema fue generalidades. De pronto ella dijo: «Por favor, no me acribille con esas miradas de expectativa.» «No tengo otras», contesté, como un idiota. «Usted quiere saber mi respuesta», agregó, «y mi respuesta es otra pregunta». «Pregunte», dije. «¿Qué quiere decir eso de que usted está enamorado de mí?» Nunca se me había ocurrido que esa pregunta existiera, pero ahí estaba, a mi alcance. «Por favor, Avellaneda, no me haga aparecer más ridículo aún. ¿Quiere que le especifique, como un adolescente, en qué consiste estar enamorado?» «No, de ningún modo.» «¿Y entonces?» En realidad, yo me estaba haciendo el artista; en el fondo bien sabía qué era lo que ella estaba tratando de decirme. «Bueno», dijo, «usted no quiere parecer ridículo, pero en cambio no tiene inconveniente en que yo lo parezca. Usted sabe lo que quiero decirle. Estar enamorado puede significar, sobre todo en la jerga masculina, muchas cosas diferentes». «Tiene razón. Entonces póngale la mejor de esas muchas cosas. A eso me refería ayer, cuando se lo dije.» No era un diálogo de amor, qué esperanza. El ritmo oral parecía corresponder a una conversación entre comerciantes, o entre profesores, o entre políticos, o entre cualesquiera poseedores de contención y equilibrio. «Fíjese», seguí, algo más animado, «está lo que se llama la realidad y está lo que se llama las apariencias». «Ajá», dijo ella, sin decidirse a parecer burlona. «Yo la quiero a usted en eso que se llama la realidad, pero los problemas aparecen cuando pienso en eso que se llama las apariencias.» «¿Qué problemas?», preguntó, esta vez creo que verdaderamente intrigada. «No me haga decir que yo podría ser su padre, o que usted tiene la edad de alguno de mis hijos. No me lo haga decir, porque ésa es la clave de todos los problemas y, además, porque entonces sí voy a sentirme un poco desgraciado.»

No contestó nada. Estuvo bien. Era lo menos riesgoso.
«¿Comprende entonces?», pregunté, sin esperar respuesta. «Mi pretensión, aparte de la muy explicable
de sentirme feliz o lo más aproximado a eso, es tratar
de que usted también lo sea. Y eso es lo difícil. Usted
tiene todas las condiciones para concurrir a mi felicidad, pero yo tengo muy pocas para concurrir a la suya.
Y no crea que me estoy mandando la parte. En otra
posición (quiero decir, más bien, en otras edades) lo
más correcto sería que yo le ofreciese un noviazgo serio, muy serio, quizá demasiado serio, con una clara
perspectiva de casamiento al alcance de la mano. Pero
si yo ahora le ofreciese algo semejante, calculo que
sería muy egoísta, porque sólo pensaría en mí, y lo
que yo más quiero ahora no es pensar en mí sino pensar en usted. Yo no puedo olvidar —y usted tampoco— que dentro de diez años yo tendré sesenta. "Es-
casamente un viejo", podrá decir un optimista o un
adulón, pero el adverbio importa muy poco. Quiero
que quede a salvo mi honestidad al decirle que ni ahora
ni dentro de unos meses, podré juntar fuerzas como
para hablar de matrimonio. Pero —siempre hay un
pero— ¿de qué hablar entonces? Yo sé que, por más
que usted entienda esto, es difícil, sin embargo, que
admita otro planteo. Porque es evidente que existe
otro planteo. En ese otro planteo hay cabida para el
amor, pero no la hay en cambio para el matrimonio.»
Levantó los ojos, pero no interrogaba. Es probable
que sólo haya querido ver mi cara al decir eso. Pero,
a esta altura, yo ya estaba decidido a no detenerme.
«A ese otro planteo, la imaginación popular, que suele ser pobre en denominaciones, lo llama una Aventura
o un Programa, y es bastante lógico que usted se asus-
te un poco. A decir verdad, yo también estoy asustado,
nada más que porque tengo miedo de que usted crea
que le estoy proponiendo una aventura. Tal vez no me

apartaría ni un milímetro de mi centro de sinceridad, si le dijera que lo que estoy buscando denodadamente es un acuerdo, una especie de convenio entre mi amor y su libertad. Ya sé, ya sé. Usted está pensando que la realidad es precisamente la inversa; que lo que yo estoy buscando es justamente su amor y mi libertad. Tiene todo el derecho de pensarlo, pero reconozca que a mi vez tengo todo el derecho de jugármelo todo a una sola carta. Y esa sola carta es la confianza que usted pueda tener en mí.» En ese momento estábamos a la espera del postre. El mozo trajo al fin los manjares del cielo y yo aproveché para pedirle la cuenta. Inmediatamente después del último bocado, Avellaneda se limpió fuertemente la boca con la servilleta y me miró sonriendo. La sonrisa le formaba una especie de rayitos junto a las comisuras de los labios. «Usted me gusta», dijo.

Lunes 20 de mayo

El plan trazado es la absoluta libertad. Conocernos y ver qué pasa, dejar que corra el tiempo y revisar. No hay trabas. No hay compromisos. Ella es espléndida.

Martes 21 de mayo

«Te hace bien el tónico», me dijo Blanca al mediodía. «Estás animado, más contento.»

Viernes 24 de mayo

Es una especie de juego, ahora, en la oficina. El juego del Jefe y la Auxiliar. La consigna es no salirse del ritmo, del trato normal, de la rutina. A las nueve de la mañana distribuyo el trabajo: a Muñoz, a Robledo, a Avellaneda, a Santini. Avellaneda es una más en la lista, sólo una de todos esos que extienden su mano frente a mi mesa para que yo les entregue las planillas. Allí están la mano de Muñoz, larga, rugosa, con uñas tipo garra; la mano de Robledo, corta, casi cuadrada; la mano de Santini, de dedos finos, con dos anillos; y al lado, la de ella, con dedos parecidos a los de Santini, sólo que femeninos en vez de afeminados. Ya le avisé que, cada vez que se acerca con los otros, y extiende su mano, yo deposito (mentalmente, claro) un beso de caballero sobre sus nudillos afilados, sensibles. Ella dice que eso no se nota en mi cara de piedra. A veces se tienta, trata de contagiarme las ganas incontenibles de reír, pero yo me mantengo firme. Tan firme que esta tarde Muñoz se me acercó y me preguntó si me pasaba algo, pues hacía unos días que me notaba un poco preocupado. «¿Es por el balance que se acerca? Esté tranquilo, jefe. Los libros los ponemos rápidamente al día. En otros años hemos estado mucho más atrasados.» Qué me importa el balance. Casi le largo la risa en la cara. Pero hay que disimular. «¿Usted cree, Muñoz, que llegaremos? Mire que después vienen los plazos de Ganancias Elevadas y los pesados esos rechazan tres o cuatro veces las declaraciones juradas, y, claro, nos empezamos a atorar con el trabajo. Hay que meterle, Muñoz, mire que éste es mi último balance y quiero que salga al pelo. Dígaselo a los muchachos, ¿eh?»

Domingo 26 de mayo

Hoy cené con Vignale y Escayola. Todavía estoy impresionado. Nunca he sentido con tanto rigor el paso del tiempo como hoy, cuando me enfrenté a Escayola después de casi treinta años de no verlo, de no saber nada de él. El adolescente alto, nervioso, bromista, se ha convertido en un monstruo panzón, con un impresionante cogote, unos labios carnosos y blandos, una calva con manchas que parecen de café chorreado, y unas horribles bolsas que le cuelgan bajo los ojos y se le sacuden cuando se ríe. Porque ahora Escayola se ríe. Cuando vivía en la calle Brandzen, la eficacia de sus chistes residía precisamente en que él los contaba muy serio. Todos nos moríamos de risa, pero él permanecía impasible. En la cena de hoy hizo algunas bromas, contó un cuento verde que yo sabía desde que iba al colegio, narró alguna anécdota presumiblemente picante, extraída de su actividad como corredor de Bolsa. Lo más que pudo lograr fue que yo me sonriera moderadamente y que Vignale (realmente un tipo pierna) soltara una carcajada tan artificial que más bien parecía una carraspera. No pude contenerme y le dije: «Aparte de algunos kilos de más que tenés ahora, lo que más extraño en vos es que te rías fuerte. Antes te mandabas el más criminal de los chistes con una cara de velorio que era sensacional.» A Escayola le pasó por los ojos un destello de rabia, o quizá de impotencia, y en seguida se puso a explicarme: «¿Sabés lo que pasó? Yo siempre hacía los chistes con gran seriedad, tenés razón, ¡cómo te acordás! Pero un día me di cuenta de que me estaba quedando sin temas. A mí no me gustaba repetir cuentos ajenos. Vos sabés que yo era un creador. El chiste que yo contaba, nadie lo había oído antes. Yo los inventaba y a veces intentaba verdaderas series de chistes con un personaje central como el de las historietas, y le sacaba jugo por dos o tres semanas. Ahora bien, cuando me di cuenta de que no encontraba temas (no sé qué me habrá pasado; a lo mejor se me vació el marote) no quise retirarme a tiempo, como un buen deportista, y entonces empecé a repetir chistes de otros. Al principio los seleccionaba, pero pronto se me agotó también la selección, y entonces agregué cualquier cosa a mi repertorio. Y la gente, los muchachos (yo siempre tuve mi barra) empezaron a no reírse, a no encontrar gracioso nada de lo que yo decía. Tenían razón, pero tampoco ahí me retiré, inventé otro recurso: reírme yo, a medida que contaba, a fin de impresionar a mi oyente y convencerlo de que el cuento era efectivamente muy chispeante. Al principio me acompañaban en la risa, pero pronto aprendieron a sentirse defraudados, a saber que mi risa no era precisamente un augurio de segura comicidad. También aquí tenían razón, pero ya no pude dejar de reírme. Y aquí estoy, ya lo viste, convertido en un pesado. ¿Querés un consejo? Si querés conservar mi amistad, hablame de cosas trágicas.»

Martes 28 de mayo

Ella viene casi todos los días a tomar el café conmigo. El tono general de la charla es siempre el de la amistad. A lo sumo, de amistad y algo más. Pero voy haciendo progresos en ese «algo más». Por ejemplo, a veces hablamos de Lo Nuestro. Lo Nuestro es ese indefinido vínculo que ahora nos une. Pero cuando lo mencionamos es siempre desde afuera. Me explico: decimos, por ejemplo, que «en la oficina todavía nadie se dio cuenta de Lo Nuestro», o que tal o cual cosa sucedió antes de que empezara Lo Nuestro. Pero, en definitiva, ¿qué es Lo Nuestro? Por ahora, al menos, es una especie de complicidad frente a los otros, un secreto compartido, un pacto unilateral. Naturalmente, esto no es una aventura, ni un programa, ni —menos que menos— un noviazgo. Sin embargo, es algo más que una amistad. Lo peor (¿o lo mejor?) es que ella se encuentra muy cómoda en esta indefinición. Me habla con toda confianza, con todo humor, creo que hasta con cariño. Tiene una visión muy personal y bastante irónica de cuanto la rodea. No le gusta oír chismes acerca de la oficina, pero los tiene a todos bien catalogados. A veces, en el café, mira a su alrededor, y deja càer un comentario certero, puntual, inmejorable. Hoy, por ejemplo, había una mesa con cuatro o cinco mujeres, todas alrededor de los treinta o treinta y cinco años. Las miró detenidamente y después me preguntó: «¿Son escribanas, verdad?» Efectivamente, eran escribanas. Conozco a algunas de ellas, por lo menos de vista, desde hace años. «¿Las conoce?», le pregunté. «No, nunca las había visto.» «¿Y entonces?, ¿cómo acertó?» «No sé; siempre puedo reconocer a las mujeres que son escribanas. Tienen rasgos y hábitos muy especiales, que no se repiten en otras profesionales. O se pintan los labios de un solo trazo duro, como quien escribe en un pizarrón, o tienen una eterna carraspera de tanto leer escrituras, o no saben llevar sus carteras de tanto cargar portafolios. Hablan frenándose, como si no quisieran decir nada que vaya a contrariar los códigos, y nunca las verá usted mirarse en un espejo. Fíjese en aquélla, la segunda de la izquierda, tiene unas pantorrillas de vicecampeona atlética. Y la que está al lado, tiene cara de no saber hacer ni un huevo frito. A mí me dan fiebre, ¿y a usted?» No, a mí no me dan fiebre (más aún, recuerdo una escribana que es propietaria del busto más atractivo de este universo y sus alrededores), pero me divierte escucharla cuando se entusiasma en pro o en contra de algo. Las pobres escribanas, hombrunas, enérgicas, musculosas, siguieron discutiendo, totalmente ajenas a la demoledora crítica que, mesa por medio, iba agregando nuevos reproches a su aspecto, a su postura, a su actitud, a su charla.

Jueves 30 de mayo

Buena pieza el amigo de Esteban. Me cobra el cincuenta por ciento del premio retiro. Pero me asegura que no tendré que trabajar ni un solo día más de lo necesario. La tentación es grande. Bueno, era grande. Porque ya caí. Me rebajó a un cuarenta por ciento y me recomendó que aceptara antes de que se arrepintiese, que con nadie hacía eso, que nunca cobraba menos del cincuenta por ciento, que preguntara por ahí nomás, «porque en mi profesión hay muchos abusadores y gente sin escrúpulos», que a mí me hacía ese precio especial por tratarse del padre de Esteban. «Yo al flaco lo quiero como a un hermano. Durante cuatro años jugamos todas las noches al billar. Eso une, don.» Yo me acordaba de Aníbal, de nuestras conversaciones del domingo 5, cuando yo le decía: «Ahora también da coima el que quiere conseguir algo lícito, y esto quiere decir relajo total.»

Viernes 31 de mayo

El 31 de mayo era el cumpleaños de Isabel. Qué lejos está. Una vez, en un cumpleaños, le compré una muñeca. Era una muñeca alemana, que movía los ojos y caminaba. La llevé a casa en una caja larga, de cartón durísimo. La puse sobre la cama y le pedí que adivinara. «Una muñeca», dijo ella. Nunca se lo perdoné.

Ninguno de los muchachos se acordó: por lo menos, no me lo dijeron. Se han alejado paulatinamente del culto de su madre. Creo que Blanca es la única que en realidad la echa de menos, la única que la menciona con naturalidad. ¿Seré yo el culpable? En los primeros tiempos, no hablaba mucho de ella, sólo porque me era doloroso. Ahora tampoco hablo mucho de ella, porque temo equivocarme, temo hablar de otra persona que nada haya tenido que ver con mi mujer.

¿Alguna vez Avellaneda se olvidará así de mí? He aquí el misterio: antes de empezar a olvidarse, tiene que acordarse, que empezar a acordarse.

Domingo 2 de junio

El tiempo se va. A veces pienso que tendría que vivir apurado, que sacarle el máximo partido a estos años que quedan. Hoy en día, cualquiera puede decirme, después de escudriñar mis arrugas: «Pero si usted todavía es un hombre joven.» Todavía. ¿Cuántos años me quedan de «todavía»? Lo pienso y me entra el apuro, tengo la angustiante sensación de que la vida se me está escapando, como si mis venas se hubieran abierto y yo no pudiera detener mi sangre. Porque la vida es muchas cosas (trabajo, dinero, suerte, amistad, salud, complicaciones), pero nadie va a negarme que cuando pensamos en esa palabra Vida, cuando decimos, por ejemplo, «que nos aferramos a la vida», la estamos asimilando a otra palabra más concreta, más atractiva, más seguramente importante: la estamos asimilando al Placer. Pienso en el placer (cualquier forma de placer) y estoy seguro de que eso es vida. De ahí el apuro, el trágico apuro de estos cincuenta años que me pisan los talones. Aún me quedan, así lo espero, unos cuantos años de amistad, de pasable salud, de rutinarios afanes, de expectativa ante la suerte, pero ¿cuántos me quedan de placer? Tenía veinte años y era joven; tenía treinta y era joven; tenía cuarenta y era joven. Ahora tengo cincuenta años y soy «todavía joven». Todavía quiere decir: se termina.

Y ése es el lado absurdo de nuestro convenio: dijimos que lo tomaríamos con calma, que dejaríamos correr el tiempo, que después revisaríamos la situación. Pero el tiempo corre, lo dejemos o no, el tiempo corre y la vuelve a ella cada día más apetecible, más madura, más fresca, más mujer, y en cambio a mí me amenaza cada día con volverme más achacoso, más gastado, menos valiente, menos vital. Tenemos que apurarnos hacia el encuentro, porque en nuestro caso el futuro es un inevitable desencuentro. Todos sus Más se corresponden con mis Menos. Todos sus Menos se corresponden con mis Más. Comprendo que para una mujer joven puede ser un atractivo saber que uno es un tipo que vivió, que cambió hace mucho la inocencia por la experiencia, que piensa con la cabeza bien colocada sobre los hombros. Es posible que eso sea un atractivo, pero qué breve. Porque la experiencia es buena cuando viene de la mano del vigor; después, cuando el vigor se va, uno pasa a ser una decorosa pieza de museo, cuyo único valor es ser un recuerdo de lo que se fue. La experiencia y el vigor son coetáneos por muy poco tiempo. Yo estoy ahora en ese poco tiempo. Pero no es una suerte envidiable.

Martes 4 de junio

Sensacional. La Valverde se peleó con Suárez. Toda la oficina está convulsionada. La cara de Martínez era un himno. Para él esa ruptura significa, lisa y llanamente, la subgerencia. Suárez no vino de mañana. A la tarde llegó con un moretón en la frente

y cara de velorio. El gerente lo llamó y le pegó cuatro
gritos. Eso quiere decir que no se trata de un simple
rumor, sino de una versión realmente oficial y auto-
rizada.

Viernes 7 de junio

Hasta ahora habíamos ido dos veces al cine,
pero después ella se iba sola. Hoy, en cambio, la acom-
pañé a la casa. Había estado muy cordial, muy compañera. En mitad de la película, cuando Alida Valli
sufre tanto con el imbécil de Farley Granger, sentí de
pronto que su mano se apoyaba sobre mi brazo. Creo
que fue un movimiento reflejo, pero el caso es que
después no la retiró. Hay dentro de mí un señor que
no quiere forzar los acontecimientos, pero también hay
otro señor que piensa obsesivamente en el apuro.

Nos bajamos en 8 de Octubre y caminamos las
tres cuadras. Estaba oscuro, pero era la clara oscuridad
de la noche sin más ni más. La UTE, la vieja y gau-
cha UTE me regalaba un apagón. Ella iba caminando
separada de mí, como a un metro. Pero al acercarme
a una esquina (una esquina con almacén, con mesa de
truco iluminada a vela), alguien separó lentamente su
sombra de la sombra de un árbol. Y el metro de distancia se esfumó y, antes de que yo me diera cuenta ella
me estaba dando el brazo. El dueño de la sombra era
un borracho, un borracho inofensivo e indefenso que
murmuraba: «¡Vivan los pobres de espíritu y el Partido Nacional!» Sentí que ella sofocaba una risita y que
aflojaba la tensión de sus dedos. Su casa es el 368 de
una calle con nombre y apellido, algo como Ramón
P. Gutiérrez o Eduardo Z. Domínguez, no me acuerdo.
Tiene zaguán y balcones. La puerta estaba cerrada,
pero ella me contó que también hay una cancela con

algo que quiere ser vitrales. «Dicen que el dueño quiso imitar los vitrales de Notre Dame, pero le aseguro que hay un San Sebastián que parece Gardel.»

No abrió en seguida. Se recostó blandamente contra la puerta. Pensé que el pasamano de bronce estaría rozando su columna vertebral. Pero no se que jaba. Entonces dijo: «Usted es muy bueno. Quiero de cir, que se porta muy bien.» Y yo, que me conozco, mentí como un santo: «Claro que soy muy bueno. Pero no estoy seguro de estarme portando bien.» «No sea creído», dijo, «¿no le enseñaron, cuando era chico, que cuando uno se porta bien no tiene que reconocerlo?» Era el momento y ella lo esperaba: «Cuando era chico me enseñaron que siempre que uno se porta bien, recibe un premio. ¿Acaso yo no lo merezco?» Hubo un instante de silencio. No le veía la cara porque el follaje de un maldito pino municipal interceptaba la luz de la luna. «Sí, lo merece», oí que decía. Entonces sus dos brazos emergieron en lo oscuro y se apoyaron en mis hombros. Debe haber visto ese preparativo en alguna película argentina. Pero el beso que siguió no lo vio en ninguna película, estoy seguro. Me gustan sus labios, quiero decir el gusto, el modo como se hunden, como se entreabren, como se escapan. Naturalmente, no es la primera vez que besa. ¿Y eso qué? Después de todo es un alivio volver a besar en la boca y con confianza y con cariño. No sé cómo, no sé qué paso raro habremos dado, pero lo cierto es que, de pronto, sentí que el pasamano de bronce estaba hundiéndose en mi columna vertebral. Estuve una media hora en la puerta del 368. Qué adelantos, Señor. Ni ella ni yo lo dijimos, pero después de esta jornada hay una cosa que quedó establecida. Mañana pensaré. Ahora estoy cansado. También podría decir: feliz. Pero estoy demasiado alerta como para sentirme totalmente feliz. Alerta ante mí mismo, ante la suerte, ante ese único futuro tangible que se llama mañana. Alerta, es decir: desconfiado.

Domingo 9 de junio

Quizá yo sea un maniático de la equidistancia. En cada problema que se me presenta, nunca me siento atraído por las soluciones extremistas. Es posible que ésa sea la raíz de mi frustración. Una cosa es evidente: si, por un lado, las actitudes extremistas provocan entusiasmo, arrastran a los otros, son índices de vigor, por otro, las actitudes equilibradas son por lo general incómodas, a veces desagradables y casi nunca parecen heroicas. Por lo general, se precisa bastante valor (una clase muy especial de valor) para mantenerse en equilibrio, pero no se puede evitar que a los demás les parezca una demostración de cobardía. El equilibrio es aburrido, además. Y el aburrimiento es, hoy en día, una gran desventaja que por lo general la gente no perdona.

¿A qué venía todo esto? Ah, sí. La equidistancia que ahora busco tiene que ver (¿qué no tiene que ver con ella en mi vida actual?) con Avellaneda. No quiero perjudicarla ni quiero perjudicarme (primera equidistancia); no quiero que nuestro vínculo arrastre consigo la absurda situación de un noviazgo tirando a matrimonio, ni tampoco que adquiera el matiz de un *programa* vulgar y silvestre (segunda equidistancia); no quiero que el futuro me condene a ser un viejo despreciado por una mujer en la plenitud de sus sentidos, ni tampoco que, por temor a ese futuro, quede yo al margen de un presente como éste, tan atractivo e incanjeable (tercera equidistancia); no quiero (cuarta y última equidistancia) que vayamos rodando de amueblada en amueblada, ni tampoco que fundemos un Hogar con mayúscula.

¿Soluciones? Primera: alquilar un apartamentito. Sin abandonar mi casa, claro. Bueno, primera y se acabó. No hay otra.

Lunes 10 de junio

Frío y viento. Qué peste. Pensar que cuando tenía quince años, me gustaba el invierno. Ahora empiezo a estornudar y pierdo la cuenta. A veces tengo la sensación de que en vez de nariz, tengo un tomate maduro, con esa madurez que tienen los tomates diez segundos antes de empezar a podrirse. Cuando voy por el trigesimoquinto estornudo, no puedo evitar sentirme en inferioridad de condiciones con respecto al resto del género humano. Admiro la nariz de los santos, esas narices afiladas y libres que tienen, por ejemplo, los santos del Greco. Admiro la nariz de los santos, porque éstos (es evidente) jamás estaban resfriados, jamás eran diezmados por estos estornudos en cadena. Jamás. Si hubieran estornudado en secuencias de veinte o treinta estallidos consecutivos, no habrían podido evitar el entregarse devotamente a la puteada oral e intelectual. Y quien putea —aun en el más simplificado de sus malos pensamientos— se está cerrando el camino de la Gloria.

Martes 11 de junio

No le dije nada, pero me lancé a la búsqueda de apartamento. Tengo uno, ideal, metido en la cabeza. Desgraciadamente, para los ideales no hay liquidaciones, siempre salen caros.

Viernes 14 de junio

Debe hacer como un mes que no mantengo con Jaime o con Esteban una conversación que supere los cinco minutos. Entran rezongando, se encierran en sus habitaciones, comen en silencio mientras leen el diario, se van renegando y vuelven a la madrugada. Blanca, en cambio, está amable, conversadora, feliz. A Diego lo veo poco, reconozco su presencia en la cara de Blanca. No me equivoco: es un buen tipo. Sé que Esteban tiene otro rebusque. Se lo consiguieron en el club. Tengo la impresión, sin embargo, de que se está empezando a arrepentir de haberse dejado atrapar por completo. Algún día estallará, ya lo veo, y mandará todo al diablo. Ojalá sea pronto. No me gusta verlo embarcado en una empresa que aparentemente contraría sus viejas convicciones. No me gusta que se vuelva cínico, uno de esos falsos cínicos que, cuando llega la hora del reproche, se excusan: «Es el único modo de progresar, de ser algo.» Jaime sí trabaja y lo hace bien; lo quieren en el empleo. Pero el problema suyo es otra cosa. Lo peor es que no sé en qué consiste. Está siempre nervioso, insatisfecho. Aparentemente, tiene carácter, pero a veces no estoy muy seguro de si es carácter o si es capricho. No me gustan sus amigos. Tienen algo de pitucos, vienen de Pocitos y tal vez en el fondo lo desprecian. Se aprovechan de él, porque Jaime es hábil, manualmente hábil, y siempre está haciendo algo que ellos le han encargado. Gratis, como corresponde. Ninguno de ellos trabaja, son hijos de papá. A veces oigo que protestan: «Che, qué peste con tu laburo. Nunca se puede contar con vos.» Dicen *laburo* como quien cumple una proeza, como un salvacionista que se acerca a un mendigo borracho y, traspasado de asco y de piedad, lo toca con la punta del

zapato; dicen *laburo* como si después de decirlo tuvie-
ran que desinfectarse.

Sábado 15 de junio

Encontré apartamento. Bastante parecido al
ideal e increíblemente barato. De todos modos, tendré
que apretar el presupuesto, pero espero que alcance.
Está a cinco cuadras de Dieciocho y Andes. Tiene la
ventaja, además, de que puedo amueblarlo con cuatro
reales. Es un decir. No tendré más remedio que ago-
tar el saldo de $ 2.465,79 que tengo en el Hipotecario.

Esta noche saldré con ella. No pienso decirle nada.

Domingo 16 de junio

Sin embargo se lo dije. Hacíamos las tres cuadras desde 8 de Octubre hasta su casa, esta vez sin
apagón. Creo que tartamudeé, invoqué nuestro plan
de absoluta libertad, de conocernos y ver qué pasa, de
dejar correr el tiempo y revisar. Estoy seguro de que
tartamudeé. Hace un mes que ella apareció en Veinticinco y Misiones a reclamar su café. «Quiero pro-
ponerte algo», dije. La tuteo desde el viernes 7 pero
ella no. Pensé que iba a contestar: «Ya sé», lo que
hubiera significado un gran alivio para mí. Pero no.
Me dejó cargar con todo el peso de la propuesta. Esta
vez no adivinó o no quiso adivinar. Nunca fui espe-
cialista en prolegómenos, de modo que me ceñí a lo
indispensable: «Alquilé un apartamento. Para nosotros.» Fue una lástima que no hubiera apagón, porque
en ese caso no habría visto su mirada. Era triste, acaso. Yo qué sé. Nunca estuve muy seguro acerca de lo

que las mujeres quieren decir cuando me miran. A veces creo que me interrogan y al cabo de un tiempo caigo en la cuenta de que en realidad me estaban respondiendo. Entre nosotros se estacionó por un momento una palabra como una nube, como una nube que empezó a moverse. Ambos pensamos en la palabra matrimonio, ambos comprendimos que la nube se alejaba, que mañana el cielo estaría despejado. «¿Sin consultarme?», preguntó. Con la cabeza contesté que sí. La verdad: tenía un nudo en la garganta. «Está bien», dijo ella, tratando de sonreír, «a mí hay que tratarme así, por el método de las situaciones creadas». Estábamos en el zaguán. La puerta estaba abierta, porque era mucho más temprano que el otro día. Había luces aquí y allá. No había sitio para el misterio. Sólo esa otra cosa que se llama silencio. Empecé a comprender que mi propuesta no era un éxito rotundo. Pero a los cincuenta años ya no puede aspirarse a éxitos rotundos. ¿Y si hubiera dicho que no? Por esa falta de negativa estaba pagando un precio, y ese precio era la situación incómoda, el momento desagradable, casi penoso, de verla callada frente a mí, un poco doblada en su saco oscuro, con una cara de estarle diciendo adiós a varias cosas. No me besó. Yo tampoco tomé la iniciativa. Su rostro estaba tenso, endurecido. De pronto, sin previo aviso, pareció que se aflojaban todos sus resortes, como si hubiera renunciado a una máscara insoportable, y así como estaba, mirando hacia arriba, con la nuca apoyada en la puerta, empezó a llorar. Y no era el famoso llanto de felicidad. Era ese llanto que sobreviene cuando uno se siente opacamente desgraciado. Cuando alguien se siente brillantemente desgraciado, entonces sí vale la pena llorar con acompañamiento de temblores, convulsiones, y, sobre todo, con público. Pero, cuando además de desgraciado, uno se siente opaco, cuando no queda sitio para la rebeldía, el sacrificio o la heroicidad, entonces hay que llorar sin ruido, porque nadie puede ayudar y porque uno tiene conciencia de que eso pasa y al final se retoma el equilibrio, la normalidad. Así era el llanto de ella. En este rubro no me engaña nadie. «¿Puedo ayudarte?», dije, con todo, «¿puedo remediar esto en algo?» Preguntas al santo botón. Saqué una más, muy desde el fondo de mis dudas: «¿Qué pasa? ¿Querés que nos casemos?» Pero la nube estaba lejos. «No», dijo. «Lloro porque todo es una lástima.» Y es tan cierto. Todo es una lástima: que no hubiera apagón, que yo tenga cincuenta, que ella sea buena chica, que mis tres hijos, que su antiguo novio, que el apartamento... Saqué mi pañuelo y le sequé los ojos. «¿Ya pasó todo?», pregunté. «Sí, pasó todo.» Era mentira, pero ambos comprendimos que hacía bien en mentir. Con la mirada aún convaleciente, agregó: «No creas que siempre soy tan tonta.» *No creas,* dijo; estoy seguro de que dijo *no creas.* Me tuteó, entonces.

Jueves 20 de junio

Hace cuatro días que no escribo nada. Entre los trámites para alquilar el apartamento, la aceptación de garantía, el retiro de los $ 2.465,79, la compra de algunos muebles, lo he pasado tremendamente agitado. Mañana me entregan el apartamento. El sábado de tarde me llevan las cosas.

Viernes 21 de junio

Lo echaron a Suárez, es increíble, pero lo echaron. El personal fomentó alegremente el rumor de que la Valverde había presionado para que lo liquidaran. Lo sorprendente es que la causa del despido no pudo ser menor. Expedición mandó dos encomiendas equivocadas. Suárez ni siquiera se enteró de esos envíos, seguramente efectuados por uno de esos muchachos novicios y pajarones que tienen a su cargo la tarea de empaquetar. En un pasado no muy lejano, Suárez hizo cualquier cantidad de porquerías y nadie le dijo nada. Evidentemente, desde hace tres o cuatro días, el gerente tendría la orden de defenestrar a este amante en desgracia; pero Suárez, que olfateaba lo que se le venía encima, se estuvo portando como un niño ejemplar. Llegaba en hora, hasta hubo días que trabajó alguna horita extra; estaba amable, humilde, disciplinado. De nada le valió, sin embargo. Si no hubiera tenido lugar esa falla en expedición, estoy seguro de que igual lo habrían despedido, por fumar demasiado o por no haberse lustrado los zapatos. Algún refinado sostiene, por otra parte, que los paquetes fueron enviados con destino erróneo, por orden expresa y confidencial de la Gerencia. No me extrañaría nada.

Cuando le comunicaron a Suárez la noticia, daba lástima verlo. Fue a la Caja, cobró su indemnización, volvió a su escritorio y empezó a vaciar los cajones, en silencio, sin que nadie se le acercara a preguntarle qué le pasaba, o a darle algún consejo, o a ofrecerle una ayuda. En sólo media hora, había pasado a ser un indeseable. Yo hace años que no me hablo con él (desde el día en que me di cuenta de que extraía datos confidenciales de Contaduría para transmitírselos a uno de los directores y envenenarlo contra los otros), pero juro que hoy me vinieron ganas de acercarme y decirle alguna palabra de simpatía, de consuelo. No lo hice porque el tipo es una inmundicia y porque no lo merecía, pero no pude evitar sentir un poco de asco ante ese cambio total y repentino (en el que participaron desde el Presidente del Directorio hasta el último de los pinches), basado pura y exclusivamente en la suspensión de las relaciones entre Suárez y la hija de Valverde. Puede parecer insólito, pero el clima de esta empresa comercial depende, en gran parte, de un orgasmo privado.

Sábado 22 de junio

No fui a la oficina. Aprovechando el caos jubiloso de ayer, le pedí al gerente la correspondiente autorización para faltar esta mañana. Me fue concedida con sonrisas y hasta con el comentario estimulante y risueño de que no sabía cómo se podrían arreglar sin el hombre clave de la oficina. ¿Me querrán encajar a mí la hija de Valverde? Bah.

Recibí los muebles en el apartamento y trabajé como un negro. Quedó bien. Nada rabiosamente moderno. No me gustan esas sillas funcionales, con esas patas ridículamente inestables, que se desmoronan de sólo mirarlas con rencor. No me gustan esos respaldos que siempre parecen hechos a la medida de otro usufructuario. No me gustan esas lámparas que siempre iluminan lo que uno no tiene interés en ver ni en mostrar, por ejemplo: telarañas, cucarachas, fusibles.

Creo que es la primera vez que arreglo un ambiente a mi gusto. Cuando me casé, mi familia nos regaló el dormitorio, y la familia de Isabel aportó el comedor. Se daban de patadas el uno con el otro, pero no importa. Después, venía mi suegra y dictaminaba: «A ustedes les hace falta un cuadrito en el living.» Ni que decirlo dos veces. A la mañana siguiente aparecía una naturaleza muerta, con salchichones, queso duro, un melón, pan casero, botellas de cerveza, algo en fin que me quitaba el apetito por un semestre. Otras veces, generalmente en ocasión de algún aniversario, cierto tío nos mandaba gaviotas para colgar en la pared del dormitorio o dos mayólicas con unos pajecitos maricones que eran aproximadamente repugnantes. Después que Isabel murió, y a medida que el tiempo, mis distracciones y el servicio doméstico fueron terminando con las naturalezas muertas, las gaviotas y los pajecitos, Jaime fue llenando la casa con esos mamarrachos que precisan una explicación periódica. A veces los veo, a él y a sus amigos, extasiados frente a una jarra que tiene alas, recortes de diarios, una puerta y testículos, y los oigo comentar: «¡Qué reproducción bárbara!» No entiendo ni quiero entender, porque la verdad es que su admiración ¡tiene una cara de hipócrita! Un día les pregunté: «¿Y por qué no traen alguna vez una lámina con algo de Gauguin, de Monet, de Renoir? ¿Acaso son malos?» Entonces Danielito Gómez Ferrando, un pendejo que se acuesta todos los días a las cinco de la mañana, porque «las horas de la noche son las más auténticas», un delicado que no pisa un restorán después que ha visto allá a alguien que usa escarbadientes, ése, justamente ése, me contestó: «Pero señor, nosotros estamos con el Abstracto.» El, en cambio, no es nada abstracto con su carita sin cejas y su eterna expresión de gatita preñada.

Domingo 23 de junio

Abrí la puerta y me hice a un lado para que ella pasara. Entró a pasitos cortos, mirándolo todo con extrema atención, como si hubiera querido ir absorbiendo lentamente la luz, el clima, el olor. Pasó una mano por la mesa libro, luego por el tapizado del sofá. Ni siquiera miró hacia el dormitorio. Se sentó, quiso sonreír y no pudo. Me pareció que le temblaban las piernas. Miró las reproducciones de la pared: «Botticelli», dijo, equivocándose. Era Filippo Lippi. Ya habrá tiempo de aclarárselo. Empezó a preguntar sobre calidades, sobre precios, sobre mueblerías. «Me gusta», dijo tres o cuatro veces.

Eran las siete de la tarde; el sol, casi tendido, convertía en naranjado el papel crema de las paredes. Me senté a su lado y se puso rígida. Ni siquiera había dejado la cartera. Se la pedí. «¿Te acordás que no sos la visita sino la dueña de la casa?» Entonces, haciendo un esfuerzo, se aflojó un poco el pelo, se quitó la chaqueta, estiró nerviosamente las piernas. «¿Qué hay?», pregunté. «¿Estás asustada?» «¿Tengo cara de estarlo?», respondió preguntando. «Francamente sí.» «Puede ser. Pero no es de vos ni de mí.» «Ya sé, estás asustada sólo del Momento.» Me pareció que se tranquilizaba. Una cosa era cierta. No se estaba mandando la parte. La palidez significaba que el susto era sincero. Su actitud no era la misma de esas cajeras que aceptan ir a la amueblada, pero que, en el momento mismo en que el taxi se detiene, se vuelven puntualmente histéricas y llaman a gritos a la mamá. No, en ella nada es teatro. Estaba confusa y yo no quería —quizá no me convenía— indagar demasiado sobre las causas de esa confusión. «Lo que pasa es que tengo que acostumbrarme a la idea», dijo, tal vez para conformarme. Ella se daba cuenta de que yo estaba un poco desalentado. «Una siempre imagina estas cosas de un modo un poco diferente de lo que después viene a ser. Pero algo tengo que reconocer y agradecerte. Esto que has preparado no es demasiado distinto de todo lo que yo tenía pensado.» «¿Desde cuándo?» «Desde que iba al Liceo y estaba enamorada del profesor de matemáticas.» La mesa estaba pronta, con esos platos lisos, amarillos, que la empleada del bazar había elegido por mí. (No es totalmente cierto, a mí también me gustan.) Serví el fiambre, cumplí con toda dignidad el papel de anfitrión. A ella le gustaba todo, pero la tensión no le dejaba disfrutar de nada. Cuando llegó el momento de descorchar el champán, ya no estaba pálida. «¿Hasta qué hora podés quedarte?», pregunté. «Hasta tarde.» «¿Y tu madre?» «Mi madre sabe lo nuestro.»

Un golpe bajo, evidentemente. Así no vale. Me sentí como desnudo, con esa desesperada desnudez de los sueños, cuando uno se pasea en calzoncillos por Sarandí y la gente lo festeja de vereda a vereda. «Y eso ¿por qué?», me atreví a preguntar. «Mi madre sabe todo lo mío.» «¿Y tu padre?» «Mi padre vive fuera del mundo. Es sastre. Horrible. Nunca vayas a hacerte un traje con él. Los hace todos a la medida del mismo maniquí. Pero además es teósofo. Y anarquista. Nunca pregunta nada. Los lunes se reúne con sus amigos teósofos y glosa a la Blavatsky hasta la madrugada; los jueves vienen a casa sus amigos anarquistas y discuten a grito pelado sobre Bakunin y sobre Kropotkin. Por lo demás es un hombre tierno, pacífico, que a veces me mira con una dulce paciencia y me dice cosas muy útiles, de las más útiles que he escuchado jamás.» Me gusta mucho que hable de los suyos, pero hoy me gustó especialmente. Me pareció que era un buen presagio para la inauguración de nuestra flamante intimidad. «Y tu madre, ¿qué dice de mí?» Mi trauma psíquico proviene de la madre de Isabel. «¿De vos? Nada. Dice de mí.» Terminó con el resto del champán que quedaba en la copa y se limpió los labios con la servilletita de papel. Ya no le quedaba nada de pintura. «Dice de mí que soy una exagerada, que no tengo serenidad.» «¿Con respecto a lo nuestro o con respecto a todo?» «A todo. La teoría de ella, la gran teoría de su vida, la que la mantiene en vigor es que la felicidad, la verdadera felicidad, es un estado mucho menos angélico y hasta bastante menos agradable de lo que uno tiende siempre a soñar. Ella dice que la gente acaba por lo general sintiéndose desgraciada, nada más que por haber creído que la felicidad era una permanente sensación de indefinible bienestar, de gozoso éxtasis, de festival perpetuo. No, dice ella, la felicidad es bastante menos (o quizá bastante más, pero de todos modos otra cosa) y es seguro que muchos de esos presuntos desgraciados son en realidad felices, pero no se dan cuenta, no lo admiten, porque ellos creen que están muy lejos del máximo bienestar. Es algo semejante a lo que pasa con los desilusionados de la Gruta Azul. La que ellos imaginaron es una gruta de hadas, no sabían bien cómo era, pero sí que era una gruta de hadas, en cambio llegan allí y se encuentran con que todo el milagro consiste en que uno mete las manos en el agua y se las ve levemente azules y luminosas.» Evidentemente, le agrada relatar las reflexiones de su madre. Creo que las dice como una convicción inalcanzable para ella, pero también como una convicción que ella quisiera fervientemente poseer. «Y vos ¿cómo te sentís?», pregunté, «¿como si te vieras las manos levemente azules y luminosas?» La interrupción la trajo a la tierra, al momento especial que era este Hoy. Dijo: «Todavía no las introduje en el agua», pero en seguida se sonrojó. Porque, claro, la frase podía tomarse como una invitación, hasta por una urgencia que ella no había querido formular. Yo no tuve la culpa, pero ahí estuvo mi repentina desventaja. Se levantó, se recostó en la pared, y me preguntó con un tonito que quería ser simpático, pero que en realidad era notoriamente inhibido: «¿Puedo pedirte un primer favor?» «Podés», respondí y ya tenía mis temores. «¿Dejás que me vaya, así sin otra cosa? Hoy, sólo por hoy. Te prometo que mañana todo irá bien.» Me sentí desilusionado, imbécil, comprer

vo. «Claro que te dejo. No faltaba más.» Pero faltaba.
Cómo no que faltaba.

Lunes 24 de junio

Esteban está enfermo. Dice el médico que puede ser algo serio. Esperemos que no. Pleuritis o algo
pulmonar. No sabe. ¿Cuándo sabrán los médicos? Después de almorzar, entré a su cuarto a ver cómo estaba. Leía, con la radio encendida. Cuando me vio entrar, cerró el libro, después de doblar el ángulo superior
de la página que estaba leyendo. Apagó la radio. Como
diciendo: «Bueno, se acabó mi vida privada.» Hice
como que no me daba cuenta. Yo no sabía de qué
hablar. Nunca sé de qué hablar con Esteban. Cualquiera sea el tema que toquemos, es fatal que termi-
nemos discutiendo. Me preguntó cómo marchaba mi
jubilación. Creo que marcha bien. En realidad, no puede ser demasiado complicada. Hace tiempo que arreglé
todo mi itinerario, que pagué los aportes que debía,
que hice regularizar mi ficha. «Según tu amigo, el
asunto no será largo.» El tema Mi Jubilación es uno
de los más frecuentes entre Esteban y yo. Hay una
especie de convenio tácito en mantenerlo siempre al
día. Con todo, hoy hice una tentativa: «Bueno, contame un poco cómo van tus cosas. Nunca hablamos.»
«Es cierto. Debe ser que tanto vos como yo andamos
siempre muy ocupados.» «Debe ser. Pero ¿de veras
tenés mucho que hacer en tu oficina?» Una pregunta
idiota, a la marchanta. La respuesta fue la previsible,
pero yo no la había previsto: «¿Qué querés decir?
¿Que los empleados públicos somos todos unos vagos?
¿Eso querés decir? Claro, solamente ustedes, los notables empleados de comercio, tienen el privilegio de
ser eficaces y trabajadores.» Me sentí doblemente ra-

bioso, porque la culpa la tenía yo. «Mirá, no seas pavo. No quise decir eso ni siquiera lo pensé. Estás suscep- tible como una solterona. O tenés una cola de paja grande como una casa.» Inesperadamente, no dijo nada ofensivo. Debe ser que la fiebre lo ha debilitado. Más aún, llegó a disculparse: «Puede ser que tengas razón. Siempre ando de mal genio. Yo qué sé. Como si me sintiera incómodo conmigo mismo.» Como confidencia, y partiendo de Esteban, era casi una exageración. Pero como autocrítica, creo que está muy aproximada a la verdad. Hace tiempo que me da la impresión de que el paso de Esteban no sigue al de su conciencia. «¿Qué dirías vos si dejo el empleo público?» «¿Ahora?» «Bueno, ahora no. Cuando me cure, si me curo. Dijo el médico que a lo mejor tengo para unos cuantos me- ses.» «¿Y a qué se debe esta viaraza?» «No me pre- guntes demasiado. ¿No te alcanza con que quiera cam- biar?» «Sí que me alcanza. Me dejás muy contento. Lo único que me preocupa es que si precisás una li- cencia por enfermedad, es más fácil que la consigas donde estás ahora.» «A vos, cuando tuviste el tifus, ¿te echaron? ¿Verdad que no? Y faltaste como seis meses.» En realidad, le llevaba la contra por el puro placer de oírlo afirmarse. «Lo principal, ahora, es que te cures. Después veremos.» Entonces se lanzó a un largo retrato de sí mismo, de sus limitaciones, de sus esperanzas. Tan largo, que llegué a la oficina a las tres y cuarto, y tuve que disculparme con el gerente. Yo estaba impaciente, pero no me sentía con derecho a interrumpirlo. Era la primera vez que Esteban se con- fiaba. No podía defraudarlo. Después hablé yo. Le di algún consejo, pero muy amplio, sin fronteras. No que- ría espantarlo. Y creo que no lo espanté. Cuando me fui le palmeé la rodilla que abultaba bajo la frazada. Y me dedicó una sonrisa. Dios mío, me pareció la cara de un extraño. ¿Será posible? Por otra parte, un extraño lleno de simpatía. Y es mi hijo. Qué bien.

Tuve que quedarme hasta tarde en la oficina y, en consecuencia, postergar la iniciación de mi «luna de miel».

Martes 25 de junio

Un trabajo bárbaro. Será para mañana.

Miércoles 26 de junio

Tuve que trabajar hasta las diez de la noche. Estoy literalmente reventado.

Jueves 27 de junio

Creo que hoy debe haber sido el último día de jaleo. Nunca he visto un pedido de informes más complicado y más inútil. Y ya tenemos el balance encima. Esteban pasó sin fiebre. Menos mal.

Viernes 28 de junio

Al fin. A las siete y media salí de la oficina y fui al apartamento. Ella había llegado antes, había abierto con su llave y se había instalado. Cuando llegué me recibió alegremente, sin inhibiciones, otra vez con un beso. Comimos. Hablamos. Reímos. Hicimos el amor. Todo estuvo tan bien, que no vale la pena escribirlo. Estoy rezando: «Que dure», y para presionar a Dios voy a tocar madera sin patas.

Sábado 29 de junio

Parece que lo de Esteban no es tan serio. La radiografía y los análisis desmintieron al médico y su mal agüero. A ese tipo le gusta aterrorizar, anunciar por lo menos la proximidad de graves complicaciones, de peligros indefinidos e implacables. Después, si la realidad no es tan tremenda, sobreviene una gran sensación de alivio, y el alivio familiar es por lo común el mejor clima posible para pagar sin fastidio, hasta con gratitud, una cuenta abusivamente alta. Cuando uno le pregunta al doctor, humildemente, casi con vergüenza, sintiendo claramente el bochorno de tocar un tema tan vulgar y grosero frente a quien sacrifica su vida y su tiempo por la salud del prójimo: «¿Cuánto es, doctor?», él dice siempre, acompañando sus palabras con un generoso y comprensivo gesto de incomodidad. «Por favor, amigo, ya habrá tiempo para hablar de eso. Y no se apure, que conmigo nunca va a tener problema.» Y en seguida, para rescatar la dignidad humana de este sórdido bache, hace punto y aparte y se lanza a dictar cátedra·sobre el caldito que mañana tomará el convaleciente. Después, cuando al fin llega el tiempo de hablar de eso, viene la hinchada cuenta, sola, por correo, y uno se queda un poco turulato ante la cifra, quizá porque en ese momento no está presente la sonrisa afable, paternal, franciscana, de aquel austero mártir de la ciencia.

Domingo 30 de junio

Todo un día para nosotros, desde el desayuno en adelante. Vine ansioso por verificar, por comprobarlo todo. Lo del viernes fue una cosa única, pero torrencial. Pasó todo tan rápido, tan natural, tan felizmente, que no pude tomar ni una sola anotación mental. Cuando se está en el foco mismo de la vida, es imposible reflexionar. Y yo quiero reflexionar, medir lo más aproximadamente posible esta cosa extraña que me está pasando, reconocer mis propias señales, compensar mi falta de juventud con mi exceso de conciencia. Y entre los detalles que quiero verificar está el tono de su voz, los matices de su voz, desde la extrema sinceridad hasta el ingenuo disimulo; está su cuerpo, al que virtualmente no vi, no pude descubrir, porque preferí pagar deliberadamente ese precio con tal de sentir que se aflojaba la tensión, que sus nervios cedían la plaza a los sentidos; preferí que la oscuridad fuera realmente impenetrable, a prueba de toda rendija iluminada, con tal de que sus estremecimientos de vergüenza, de miedo, qué sé yo, se cambiaran paulatinamente, en otros estremecimientos, más tibios, más normales, más propios de la entrega. Hoy me dijo: «Estoy feliz de que todo haya pasado», y parecía, por el impulso de las palabras, por la luz de los ojos, que se estuviera refiriendo a un examen, a un parto, a un ataque, a cualquier cosa de mayor riesgo y responsabilidad que la simple, corriente, cotidiana operación de acostarse juntos un hombre y su mujer, mucho más simple, corriente y cotidiana que la de acostarse juntos un hombre y *una* mujer. «Hasta te diría que me siento sin culpa, limpia de pecado.» Debo haber hecho un gesto de impaciencia, porque en seguida aclaró: «Yo sé que eso no lo podés entender, que es algo que no cabe en los muchos dedos de frente masculina. Para ustedes hacer el amor es una especie de trámite normal, de obligación casi higiénica, raras veces un asunto de conciencia. Es envidiable cómo pueden separar ese detalle que se llama sexo, de todo lo otro esencial, de todas las otras zonas de la vida. Ustedes mismos inventaron eso de que el sexo lo es todo en la mujer. Lo inventaron y después lo desfiguraron, lo convirtieron en una caricatura de lo que verdaderamente significa. Cuando lo dicen, piensan en la mujer como una gozadora vocacional, impenitente. El sexo es todo en la mujer, es decir: la vida entera de la mujer, con sus afeites, con su arte de engañar, con su barniz de cultura, con sus lágrimas listas, con todo su equipo de seducciones para atrapar al hombre y convertirlo en el proveedor de su vida sexual, de su exigencia sexual, de su rito sexual.» Estaba entusiasmada y hasta parecía enojada conmigo. Me miraba con una ironía tan segura, que parecía la depositaria de toda la dignidad femenina de este mundo. «¿Y nada de eso es cierto?», pregunté, nada más que para provocarla, porque quedaba muy linda en su actitud agresiva. «Algo de eso es cierto, a veces es cierto. Ya sé que hay mujeres que son eso y nada más. Pero hay otras, la mayoría, que no son eso, y otras más, que aunque lo sean, son además otra cosa, un ser humano complicado, egocéntrico, extremadamente sensible. Quizá sea cierto que el ego femenino sea sinónimo de sexo, pero hay que comprender que la mujer identifica el sexo con la conciencia. Allí puede estar la mayor culpa, la mejor felicidad, el problema más arduo. Para ustedes es tan diferente. Compará, si querés, el caso de una solterona y el de un solterón, que en apariencia podrían tomarse como prójimos afines, como dos frustrados paralelos. ¿Cuáles son las reacciones de una y otro?» Tomó aliento y siguió.

«Mientras la solterona se vuelve malhumorada, cada vez menos femenina, maniática, histérica, incompleta, el solterón en cambio se vuelca hacia el exterior, se hace chispeante, ruidoso, viejo verde. Los dos padecen la soledad, pero para el solterón es sólo un problema de asistencia doméstica, de cama individual; para la solterona, la soledad es un mazazo en la nuca.»

Fue muy inoportuno de mi parte, pero en ese momento me reí. Ella se frenó en su discurso y me miró con curiosidad. «Me hace gracia oírte defender a las solteronas», dije. «Me gusta y me asombra, además, verte así de preocupada por formular tu teoría. Debés heredarlo de tu madre. Ella tiene su teoría de la felicidad; vos también tenés la tuya, una que quizá podría denominarse "De las vinculaciones entre el sexo y la conciencia en la mujer promedio." Pero ahora decime, ¿de dónde sacaste que los hombres piensan de ese modo, de que fueron los hombres quienes inventaron esa saludable macana de que el sexo lo es todo en la mujer?» Puso cara de sentir vergüenza, de saberse acorralada: «Yo qué sé. Alguien me lo dijo. Yo no soy una erudita. Pero si no la inventó un hombre, merecería que la hubiera inventado.» Ahora sí volvía a reconocerla, en esa salida de chiquilina que se ve descubierta y recurre a una vuelta de aparente ingenuidad sólo para hacerse disculpar. Después de todo, no me importan demasiado sus arranques feministas. En definitiva, todo había sido para explicarme por qué había dejado de sentirse culpable. Bueno, eso era lo importante, que no se creyera culpable, que aflojara la tensión, que se sintiera cómoda en mis brazos. Lo demás es adorno, justificación; puede y no puede estar, a mí me da lo mismo. Si a ella le gusta sentirse justificada, si ella convierte todo esto en un grave problema de conciencia, y quiere hablarlo, quiere que yo me haga cargo, que se lo escuche decir, bueno, entonces que lo diga y se lo escucho. Queda muy linda con los cachetes encendidos por el entusiasmo. Además, no es cierto que para mí no sea esto un asunto de conciencia. No sé en qué día lo escribí, pero estoy seguro de que dejé constancia de mis vacilaciones, y ¿qué es la vacilación sino un rodeo de la conciencia?

Pero ella es formidable. De pronto se calló, dejó a un lado toda su militancia, se miró en el espejo, no con coquetería sino burlándose de sí misma, se sentó en la cama y me llamó: «Vení, sentate aquí, soy una idiota perdiendo el tiempo con semejante discurso. Total, yo sé que vos no sos como los otros. Yo sé que me entendés, que sabés por qué razón esto es para mí un verdadero caso de conciencia.» Había que mentir y dije: «Claro que lo sé.» Pero a esa altura ella estaba en mis brazos y había otras cosas en qué pensar, otros viejos proyectos que realizar, otras nuevas caricias que atender. Los casos de conciencia tienen también su lado tierno.

Miércoles 3 de julio

Parece mentira, pero a Aníbal no lo veía desde que volvió de Brasil, a principios de mayo. Ayer me llamó y me dejó contento. Tenía necesidad de hablar con alguien, de confiar en alguien. Sólo ahí me di cuenta de que hasta ahora todo el asunto de Avellaneda lo había guardado para mí, sin hablarlo con nadie. Y es explicable. ¿Con quién hubiera podido comentarlo? ¿Con mis hijos? De sólo imaginarlo se me pone la piel de gallina. ¿Con Vignale? Me figuro su guiño de malicia, su palmadita en el hombro, su risotada cómplice, y de inmediato me vuelvo indeclinablemente reservado. ¿Con la gente del empleo? Sería un horrible paso en falso y, a la vez, la absoluta seguridad de que Avellaneda habría de abandonar la oficina. Pero aun si ella no trabajara allí, creo que tampoco tendría fuerzas para hablar de mí mismo en esos términos. En las oficinas no hay amigos; hay tipos que se ven todos los días, que rabian juntos o separados, que hacen chistes y se los festejan, que se intercambian sus quejas y se transmiten sus rencores, que murmuran del Directorio en general y adulan a cada director en particular. Esto se llama convivencia, pero sólo por espejismo la convivencia puede llegar a parecerse a la amistad. En tantos años de oficina, confieso que Avellaneda es mi primer afecto verdadero. Lo demás tiene la desventaja de la relación no elegida, del vínculo impuesto por las circunstancias. ¿Qué tengo yo de común con Muñoz, con Méndez, con Robledo? Sin embargo, a veces nos reímos juntos, tomamos alguna copa, nos tratamos con simpatía. En el fondo, cada uno es un desconocido para los otros, porque en este tipo de relación superficial se habla de muchas cosas, pero nunca de las vitales, nunca de las verdaderamente importantes y decisivas. Yo creo que el trabajo es el que impide otra clase de confianza; el trabajo, esa especie de constante martilleo, o de morfina, o de gas tóxico. Alguna vez, uno de ellos (Muñoz especialmente) se me ha acercado para iniciar una conversación realmente comunicativa. Ha empezado a hablar, ha empezado a delinear con franqueza su autorretrato, ha empezado a sintetizar los términos de su drama, de ese módico, estacionado, desconcertante drama que atosiga la vida de cada cual, por más hombre-promedio que se sienta. Pero siempre hay alguien que llama desde el mostrador. Durante media hora él tiene que explicar a un cliente moroso la inconveniencia y el castigo de la mora, discute, grita un poco, seguramente se siente envilecido. Cuando vuelve a mi mesa, me mira, no dice nada. Hace el esfuerzo muscular correspondiente a la sonrisa, pero las comisuras se le doblan hacia abajo. Entonces toma una planilla vieja, la arruga en el puño, concienzudamente, y después la tira al cesto de papeles. Es un simple sustitutivo; lo que no sirve más, lo que tira al cesto, es la confidencia. Sí, el trabajo amordaza la confianza. Pero también existe la burla. Todos somos especialistas en la burla. La disponibilidad de interés hacia el prójimo hay que gastarla de algún modo; de lo contrario, se enquista y sobreviene la claustrofobia, la neurastenia, qué sé yo. Ya que no tenemos la suficiente valentía, la suficiente franqueza como para interesarnos amistosamente por el prójimo (no el prójimo nebuloso, bíblico, sin rostro, sino el prójimo con nombre y apellido, el prójimo más próximo, el que escribe en el escritorio frente al mío y me alcanza el cálculo de intereses para que yo lo revise y ponga mi inicial de visto-bueno), ya que renunciamos voluntariamente a la amistad, bueno, pues entonces, vamos a interesarnos burlonamente por ese vecino que a través de ocho horas es siempre vulnerable. Además, la burla proporciona una especie de solidaridad. Hoy el candidato es éste, mañana es aquél, pasado seré yo. El burlado maldice en silencio, pero pronto se resigna, sabe que esto es sólo una parte del juego, que en el futuro cercano, a lo mejor dentro de una hora o dos, podrá elegir la forma de desquite que mejor coincida con su vocación. Los burladores, por su parte, se sienten solidarios, entusiastas, chispeantes. Cada vez que uno de ellos le agrega a la burla un condimento, los otros festejan, se hacen señas, se sienten rijosos de complicidad, sólo falta que se abracen y griten los hurras. Y qué alivio reírse, incluso cuando hay que aguantar la risa porque allá en el fondo ha asomado el gerente su cara de sandía, qué desquite contra la rutina, contra el papeleo, contra esa condena que significa estar ocho horas enredado en algo que no importa, en algo que hace hinchar las cuentas bancarias de esos inútiles que pecan por el mero hecho de vivir, de dejarse vivir, de esos inanes que creen en Dios sólo porque ignoran que hace mucho tiempo que Dios ha dejado de creer en ellos. La burla y el trabajo. ¿En qué difieren, después de todo? Y qué trabajo nos da la burla, qué fatiga. Y qué burla es este trabajo, qué mal chiste.

Jueves 4 de julio

Hablé largamente con Aníbal. Es la primera vez que pronuncio ante alguien el nombre de Avellaneda, es decir, la primera vez que lo pronuncio con el verdadero sentido que ese nombre tiene para mí. En algún momento, mientras se lo relataba, me pareció que veía todo el asunto desde fuera, como un espectador profundamente interesado. Aníbal me escuchó con religiosa atención. «¿Y por qué no te casás? No entiendo bien el matiz de ese escrúpulo.» Me parecía mentira que no lo entendiese, estaba tan claro. Vuelta a la explicación, al clisé de la explicación que yo me doy desde el comienzo: mi edad, su edad, yo dentro de diez años, ella dentro de diez años, el afán de no perjudicarla, el otro afán de no parecer ridículo, el goce del presente, mis tres hijos, etc., etc. «¿Y te parece que así no la perjudicás?» Claro, eso es inevitable, pero de todos modos la perjudico menos que encadenándola. «¿Y ella qué dice? ¿Está de acuerdo?» Eso se llama una pregunta incómoda. No sé si está de acuerdo. En su oportunidad, ella dijo que sí, pero la verdad es que no sé si está de acuerdo. ¿Podrá ser que ella prefiera la situación estable, oficialmente estable y consagrada? ¿Me estaré diciendo que lo hago por ella y lo estaré haciendo realmente por mí? «¿Es al ridículo que le temés o a otra cosa?» Evidentemente, el tipo estaba decidido a poner el dedo en la llaga. «¿Qué querés decir con eso?» «Me pediste que fuera franco, ¿no? Quiero decir que a mí me parece muy claro todo el problema: lo que te pasa es que tenés miedo de que dentro de diez años ella te ponga cuernos.» Qué feo eso de que le digan a uno la verdad, sobre todo si se trata de una de esas verdades que uno ha evitado decirse aun en los soliloquios matinales, cuando recién se despierta y murmura pavadas amargas, profundamente antipáticas, cargadas de autorrencor, a las que es necesario disipar antes de despertarse por completo y ponerse la máscara que, en el resto del día, verán los otros y verá a los otros. ¿Así que tengo miedo de que dentro de diez años ella me ponga cuernos? A Aníbal le contesté con una palabrota, que es la reacción tradicionalmente varonil para cuando a uno lo tratan de cornudo, aunque sea a larga distancia y a largo plazo. Pero la duda siguió girando en mi cabeza y en el momento en que lo escribo no puedo evitar sentirme un poco menos generoso, un poco menos equilibrado, un poco más vulgar y desabrido.

Sábado 6 de julio

Llovió a baldes, después del mediodía. Estuvimos veinte minutos en una esquina, esperando que llegara la calma, mirando desalentadamente a la gente que corría. Pero nos estábamos enfriando sin remedio y yo empecé a estornudar con una regularidad amenazadora. Conseguir un taxi era una especie de imposible. Estábamos a dos cuadras del apartamento y decidimos ir a pie. En realidad, corrimos también nosotros como enloquecidos y llegamos al apartamento en tres empapados minutos. Quedé por un rato con una gran fatiga, echado como una cosa inútil sobre la cama. Antes tuve fuerzas, sin embargo, para buscar una frazada y envolverla a ella. Se había quitado el saco, que chorreaba, y también la pollera, que quedó hecha una lástima. De a poco me fui calmando y a la media hora ya había entrado en calor. Fui a la cocina, encendí el primus, puse agua a calentar. Desde el dormitorio, ella me llamó. Se había levantado, así, envuelta en la frazada, y estaba junto a la ventana, mirando llover. Me acerqué, yo también miré cómo llovía, no dijimos nada por un rato. De pronto tuve conciencia de que ese momento, de que esa rebanada de cotidianidad, era el grado máximo de bienestar, era la Dicha. Nunca había sido tan plenamente feliz como en ese momento, pero tenía la hiriente sensación de que nunca más volvería a serlo, por lo menos en ese grado, con esa intensidad. La cumbre es así, claro que es así. Además estoy seguro de que la cumbre es sólo un segundo, un breve segundo, un destello instantáneo, y no hay derecho a prórrogas. Allá abajo un perro trotaba sin prisa y con bozal, resignado a lo irremediable. De pronto se detuvo y obedeciendo a una rara inspiración levantó una pata, después siguió su trote tan sereno. Realmente, parecía que se había detenido a cerciorarse de que seguía lloviendo. Nos miramos a un tiempo y soltamos la risa. Me figuré que el hechizo se había roto, que la famosa cumbre había pasado... Pero ella estaba conmigo, podía sentirla, palparla, besarla. Podía decir simplemente: «Avellaneda.» «Avellaneda» es, además, un mundo de palabras. Estoy aprendiendo a inyectarle cientos de significados y ella también aprende a conocerlos. Es un juego. De mañana digo: «Avellaneda», y significa: «Buenos días.» (Hay un «Avellaneda» que es reproche, otro que es aviso, otro más que es disculpa.) Pero ella me malentiende a propósito para hacerme rabiar. Cuando pronuncio el «Avellaneda» que significa: «Hagamos el amor», ella muy ufana contesta: «¿Te parece que me vaya ahora? ¡Es tan temprano!» Oh, los viejos tiempos en que Avellaneda era sólo un apellido, el apellido de la nueva auxiliar (sólo hace cinco meses que anoté: «La chica no parece tener muchas ganas de trabajar, pero al menos entiende lo que uno le explica»), la etiqueta para identificar a aquella personita de frente ancha y boca grande que me miraba con enorme respeto. Ahí estaba ahora, frente a mí, envuelta en su frazada. No me acuerdo cómo era cuando me parecía insignificante, inhibida, nada más que simpática. Sólo me acuerdo de cómo es ahora: una deliciosa mujercita que me atrae, que me alegra absurdamente el corazón, que me conquista. Parpadeé conscientemente, para que nada estorbara después. Entonces mi mirada la envolvió, mucho mejor que la frazada; en realidad, no era independiente de mi voz, que ya había empezado a decir: «Avellaneda.» Y esta vez me entendió perfectamente.

Domingo 7 de julio

Un día de sol espléndido, casi otoñal. Fuimos a Carrasco. La playa estaba abierta, tal vez debido a que, en pleno julio, la gente no se anima a creer en el buen tiempo. Nos sentamos en la arena. Así con la playa vacía, las olas se vuelven imponentes, son ellas solas las que gobiernan el paisaje. En ese sentido me reconozco lamentablemente dócil, maleable. Veo ese mar implacable y desolado, tan orgulloso de su espuma y de su coraje, apenas mancillado por gaviotas ingenuas, casi irreales, y de inmediato me refugio en una irresponsable admiración. Pero después, casi en seguida, la admiración se desintegra, y paso a sentirme tan indefenso como una almeja, como un canto rodado. Ese mar es una especie de eternidad. Cuando yo era niño, él golpeaba y golpeaba, pero también golpeaba cuando era niño mi abuelo, cuando era niño el abuelo de mi abuelo. Una presencia móvil pero sin vida. Una presencia de olas oscuras, insensibles. Testigo de la historia, testigo inútil porque no sabe nada de la historia. ¿Y si el mar fuera Dios? También un testigo insensible. Una presencia móvil pero sin vida. Avellaneda también lo miraba, con el viento en el pelo, sin pestañear: «Vos, ¿creés en Dios?», dijo continuando el diálogo que había iniciado yo, mi pensamiento. «No sé, yo querría que Dios existiese. Pero no estoy seguro. Tampoco estoy seguro de que Dios, si existe, vaya a estar conforme con nuestra credulidad a partir de algunos datos desperdigados e incompletos.» «Pero si es tan claro. Vos te complicás porque querés que Dios tenga rostro, manos, corazón. Dios es un común denominador. También podríamos llamarlo la Totalidad. Dios es esta piedra, mi zapato, aquella gaviota, tus pantalones, esa nube, todo.» «Y eso ¿te atrae? ¿Eso te conforma?» «Por lo menos, me inspira respeto.» «A mí no. No puedo figurarme a Dios como una gran Sociedad Anónima.»

Lunes 8 de julio

Esteban ya se levanta. Su enfermedad nos ha dejado un buen saldo, tanto a él como a mí. Hemos tenido dos o tres conversaciones francas, verdaderamente saludables. Incluso hablamos alguna vez de generalidades, pero con naturalidad, sin que el mutuo fastidio dictara las respuestas.

Martes 9 de julio

¿Así que tengo miedo de que dentro de diez años ella me ponga cuernos?

Miércoles 10 de julio

Vignale. Lo encontré por Sarandí. No tuve más remedio que escucharlo. No parecía feliz. Yo estaba apurado, así que tomamos un café en el mostrador. Allí, en voz alta, en ese estilo de estentórea confidencia que él cultiva, me relató el nuevo capítulo de su idilio: «Qué mala pata, che. Mi mujer nos agarró, ¿te das cuenta? No nos pescó lo que se dice en flagrante. Sólo nos estábamos besando. Pero te imaginarás el bochinche que armó la gorda. Que en su propia casa, bajo su propio techo, comiendo su propio pan. Yo, que soy el propio marido, me sentía como una cucaracha. Elvira, en cambio, lo tomó con gran serenidad y se mandó la teoría del siglo: que ella y yo siempre habíamos sido como hermanos y que lo que mi mujer había visto era eso justamente, un beso fraternal. Yo me sentí de lo más incestuoso y la gorda armó una bronca descomunal. Están arreglados, dijo, si se figuran que me voy a quedar mansita como el tarado de Francisco. Habló con mi suegra, con los vecinos, con el almacenero. A las dos horas todo el barrio sabía que la loquita esa le había querido quitar el marido. Por su lado, Elvira habló enérgicamente con Francisco y le dijo que la estaban insultando, que no se quedaría en esa casa ni un solo minuto más. Se quedó sin embargo como tres horas, en el curso de las cuales me hizo una cosa muy fea, lo que se dice muy fea. Fijate que Francisco a todo decía que sí, el tipo no era nada peligroso. Pero la gorda insistía, gritaba, dos o tres veces se le fue encima a la Elvira. Y entonces la Elvira, en uno de esos momentos de terror, ¿a que no sabés qué le dijo? Que en qué cabeza cabía que ella se fuera a fijar en una porquería como yo. ¿Te das cuenta? Y lo peor de todo es que con eso la convenció a la otra, y la gorda se quedó tranquila. ¿Pero te das cuenta? Te juro que esto no se lo perdono a la Elvira. Que se vayan nomás, ella y su cornudito. Después de todo, mirá, no está tan buena como me parecía. Además, ahora que dejé de ser un marido fiel, he llegado a la conclusión de que puedo tener programitas más jóvenes, más fresquitas; sobre todo, que no tengan nada que ver con el rubro hogar, que para mí siempre fue sagrado. Y de paso la gorda no se preocupa, pobre.»

Sábado 13 de julio

Ella está a mi lado, dormida. Estoy escribiendo en una hoja suelta, esta noche lo pasaré a la libreta. Son las cuatro de la tarde, el final de la siesta. Empecé a pensar en una comparación y terminé con otra. Está aquí, al lado mío, el cuerpo de ella. Afuera hace frío, pero aquí la temperatura es agradable, más bien hace calor. El cuerpo de ella está casi al descubierto, la frazada y la sábana se han deslizado hacia un costado. Quise comparar este cuerpo con mis recuerdos del cuerpo de Isabel. Evidentemente, eran otras épocas. Isabel no era delgada, sus senos tenían volumen, y por eso caían un poco. Su ombligo era hundido, grande, oscuro, de márgenes gruesos. Sus caderas eran lo mejor, lo que más me atraía; tengo una memoria táctil de sus caderas. Sus hombros eran llenos, de un blanco rosáceo. Sus piernas estaban amenazadas por un futuro de várices, pero todavía eran hermosas, bien torneadas. Este cuerpo que está a mi lado no tiene absolutamente ningún rasgo en común con aquél. Avellaneda es flaca, su busto me inspira un poquito de piedad, sus hombros están llenos de pecas, su ombligo es infantil y pequeño, sus caderas también son lo mejor (¿o será que las caderas siempre me conmueven?), sus piernas son delgadas pero están bien hechitas. Sin embargo, aquel cuerpo me atrajo y éste me atrae. Isabel tenía en su desnudez una fuerza inspiradora, yo la contemplaba e inmediatamente todo mi ser era sexo, no había por qué pensar en otra cosa. Avellaneda tiene en su desnudez una modestia sincera, simpática e inerme, un desamparo que es conmovedor. Me atrae profundamente, pero aquí el sexo es sólo un tramo de la sugestión, del llamamiento. La desnudez de Isabel era una desnudez total, más pura quizá. El cuerpo de Avellaneda es una desnudez con actitud. Para quererla a Isabel bastaba con sentirse atraído por su cuerpo. Para quererla a Avellaneda es necesario querer el desnudo más la actitud, ya que ésta es por lo menos la mitad de su atractivo. Tener a Isabel entre los brazos significaba abrazar un cuerpo sensible a todas las reacciones físicas y capaz también de todos los estímulos lícitos. Tener en mis brazos la concreta delgadez de Avellaneda, significa abrazar además su sonrisa, su mirada, su modo de decir, el repertorio de su ternura, su reticencia a entregarse por completo y las disculpas por su reticencia. Bueno, ésa era la primera comparación. Pero vino la otra, y esa otra me dejó gris, desanimado. Mi cuerpo de Isabel y mi cuerpo de Avellaneda. Qué tristeza. Nunca he sido un atleta, líbreme Dios. Pero aquí había músculos, aquí había fuerza, aquí había una piel lisa, tirante. Y sobre todo no había tantas otras cosas que desgraciadamente ahora hay. Desde la calvicie desequilibrada (el lado izquierdo es el más desierto), la nariz más ancha, la verruga del cuello, hasta el pecho con islas pelirrojas, el vientre retumbante, los tobillos varicosos, los pies con incurable, deprimente micosis. Frente a Avellaneda no me importa, ella me conoce así, no sabe cómo he sido. Pero me importa ante mí, me importa reconocerme como un fantasma de mi juventud, como una caricatura de mí mismo. Hay una compensación quizá: mi cabeza, mi corazón, en fin, yo como ente espiritual, quizá sea hoy un poco mejor que en los días y las noches de Isabel. Sólo un poco mejor, tampoco conviene ilusionarse demasiado. Seamos equilibrados, seamos objetivos, seamos sinceros, vaya. La respuesta es: «¿Eso cuenta?»

Dios, si es que existe, debe estar allá arriba haciéndose cruces. Avellaneda (oh, ella existe) está ahora acá abajo abriendo los ojos.

Lunes 15 de julio

Al fin de cuentas, puede ser que Aníbal tenga razón, que yo le esté sacando el cuerpo al matrimonio, más por miedo al ridículo que por defender el futuro de Avellaneda. Y eso no estaría bien. Porque hay una cosa cierta y es que la quiero. Esto lo escribo sólo para mí, así que no importa que suene cursi. Es la verdad. Punto. Por lo tanto, no quiero que sufra. Yo creía (en realidad, creía saberlo) que estaba eludiendo una situación estable para que Avellaneda siempre estuviera libre, para que, dentro de unos años, no se sintiera encadenada a un vejestorio. Si ahora resulta que eso era sólo un pretexto ante mí mismo, mientras que la verdadera razón era una especie de seguro contra futuros engaños, está bastante claro que había que cambiar toda la estructura, todo el aparato exterior de esta unión. Quizá ella sufra más con una situación clandestina, siempre provisoria, que sintiéndose amarrada a un tipo que la dobla en edad. Después de todo, en mi miedo al ridículo la estoy juzgando mal, y eso es una porquería de mi parte. Yo sé que es buena persona, que está hecha de buena pasta. Sé que si alguna vez se enamorase de alguien, no me dejaría en esa humillante ignorancia que constituye la afrenta de los burlados. Acaso me lo diría o, de algún modo, yo captaría el trance y tendría la suficiente serenidad como para entenderlo. Pero tal vez mejor sería hablarlo con ella, otorgarle el poder de decidir por sí misma, ayudarla a sentirse segura.

Miércoles 17 de julio

Blanca estuvo triste hoy. Jaime, ella y yo cenamos en silencio. Esteban hacía su primera salida nocturna después de la enfermedad. No dije nada durante la comida, porque demasiado sé cómo reacciona Jaime. Después, cuando él se fue, virtualmente sin saludar (no puede tomarse como «buenas noches» el gruñido que antecedió al portazo), me quedé leyendo el diario en el comedor, y Blanca se demoró expresamente mientras levantaba la mesa. Tuve que alzar el diario para que ella retirara el mantel, y entonces la miré. Tenía los ojos semillorosos. «¿Qué pasa con Jaime?», le pregunté. «Con Jaime y con Diego; me peleé con los dos.» Demasiado enigmático. No podía imaginarme a Jaime y a Diego aliados contra ella. «Diego dice que Jaime es un marica. Por eso me peleé con Diego.» Me golpeó dos veces la palabra; porque iba dirigida a mi hijo y porque la había dicho Diego, en quien cifro esperanzas, en quien confío. «¿Y se puede saber con qué motivo tu dichoso Diego se permite insultar?» Blanca sonrió con un poco de amargura. «Eso es lo peor. Que no es un insulto. Es la verdad. Por eso fue que me peleé con Jaime.» Era evidente que Blanca se violentaba al decir todo eso, sobre todo por ser yo el destinatario de la revelación. A mí mismo me sonó a falso cuando dije: «¿Y vos le das más crédito a la calumnia de Diego que a lo que diga tu hermano?» Blanca bajó los ojos. En la mano tenía la panera. Era la imagen del patetismo, de un patetismo conmovedor y de entrecasa. «Justamente», dijo, «es el propio Jaime quien lo dice». Hasta ese momento nunca había pensado que mis ojos se pudieran abrir tanto. Me dolían las sienes. «Así que esos amigos…», balbuceé. «Sí», dijo ella. Era un mazazo. Sin embargo, me di cuenta de que en el fondo de mí mismo ya existía una sospecha. Por eso, sólo por eso, la palabra no sonaba del todo nueva para mí. «Una cosa te pido», agregó, «no le digas nada. Está perdido. No siente escrúpulos, ¿sabes? Dice que las mujeres no lo atraen, que es algo que él no ha buscado, que cada uno tiene la naturaleza que Dios le dio y que a él no le dio la capacidad de sentirse atraído por las mujeres. Se justifica con ardor, te aseguro que no tiene complejo de culpa». Entonces dije, sin ninguna convicción: «Si le reviento la cabeza a trompadas, vas a ver cómo le viene el complejo de culpa.» Blanca se rió, por primera vez en la noche: «No me defraudes. Yo sé que no vas a hacer eso.» Entonces me entró el desánimo, un desánimo horrible, sin esperanza. Se trataba de Jaime, de mi hijo, el que heredó la frente y la boca de Isabel.

¿Hasta dónde llegaba mi culpa y dónde empezaba la de él? Es cierto que yo no los atendí como debía, que no pude suplir totalmente a la madre. Ah, yo no tengo vocación de madre. Ni siquiera estoy demasiado seguro de mi vocación de padre. ¿Pero esto qué tiene que ver con que él haya terminado así? Quizá yo hubiera podido cortar esas amistades en su comienzo. Quizá, si lo hubiera hecho, él habría seguido viéndose con ellos sin que yo lo supiera. «Tengo que hablarle», dije, y Blanca pareció resignarse a la tormenta. «Y además tenés que reconciliarte con Diego», agregué.

Jueves 18 de julio

Tenía dos cosas que decirle a Avellaneda, pero sólo estuvimos una hora en el departamento y únicamente le hablé de Jaime. No me dijo que yo fuera totalmente inocente, y se lo agradecí. Mentalmente, claro. Pero yo pienso, además, que cuando un tipo viene podrido, no hay educación que lo cure, no hay atención que lo enderece. Claro que yo pude hacer más por él, eso es tan cierto, tan cierto, que no puedo sentirme inocente. Además, ¿qué es lo que quiero, qué es lo que yo preferiría? ¿Que él no fuera marica o simplemente sentirme yo libre de toda culpa? Qué egoístas somos, Dios mío, qué egoísta soy. Aun el sentirme al día con la conciencia es una especie de egoísmo, de apego a la comodidad, al confort del espíritu. A Jaime no lo vi.

Viernes 19 de julio

Tampoco lo vi hoy. Pero sé que Blanca le dijo que yo quería hablar con él. Esteban es bastante violento. Mejor que no se entere. ¿O ya lo sabrá?

Sábado 20 de julio

Blanca me trajo el sobre. La carta dice así: «Viejo: sé que querés hablar conmigo y de antemano conozco el tema. Me vas a predicar moral y hay dos razones por las que no puedo aceptar tu prédica. La primera, que yo no tengo nada que reprocharme. La segunda, que vos también tenés tu vida clandestina. Te he visto con la chiquilina esa que te ha enredado, y creo que estarás de acuerdo en que no es la mejor forma de guardar el debido respeto a la memoria de mamá. Pero allá vos con tu puritanismo unilateral. Como a mí no me gusta lo que hacés y a vos no te gusta lo que yo hago, lo mejor es desaparecer. Ergo: desaparezco. Tenés el campo libre. Soy mayor de edad, no te preocupes. Me imagino además que mi retirada te acercará más a mis hermanitos. Blanca lo sabe todo (por más informes, dirigite a ella); a Esteban lo enteré yo, en la tarde de ayer, en su oficina. Para tu tranquilidad, debo confesarte que reaccionó como todo un machito y me dejó un ojo negro. El que aún tengo abierto me alcanza para ver el futuro (no es tan malo, ya verás) y dirigir la última mirada a mi simpática familia, tan pulcra, tan formal. Saludos, Jaime.» Le alcancé el papel a Blanca. Lo leyó detenidamente y dijo: «Ya se llevó sus cosas. Esta mañana.» Estaba pálida cuando agregó: «Y lo de la mujer, ¿es cierto?» «Es y no es», dije. «Es cierto que mantengo un vínculo con una mujer, una muchacha casi. Vivo con ella. No es cierto, en cambio, que ello signifique una ofensa a tu madre. Me parece que tengo derecho a querer a alguien. Bueno, a esta muchacha la quiero. No me he casado con ella, sólo porque no estoy seguro de que eso sea lo más conveniente.» Tal vez esta última frase estaba de más. No sé bien. Ella tenía los labios apretados. Creo que vacilaba entre cierto atavismo filial y un sentido muy simple de lo humano. «Pero ¿es buena?», preguntó, ansiosa. «Sí, es buena», dije. Respiró aliviada; aún me tiene confianza. También yo respiré aliviado, al sentirme capaz de provocar esa confianza. Entonces obedecí a una repentina inspiración. «¿Es mucho pedirte que la conozcas?» «Yo misma te lo iba a pedir», dijo. No hice comentarios, pero el agradecimiento estaba en mi garganta.

Domingo 21 de julio

«Quizá, al principio, cuando lo nuestro empezó, lo hubiera preferido. Ahora creo que no.» Lo anoto antes que nada, porque tengo miedo de olvidarlo. Esa fue su respuesta. Porque esta vez le hablé con toda franqueza; el tema matrimonio fue discutido hasta agotarlo. «Antes de que viniéramos aquí, al apartamento, yo me di cuenta de que a vos te resultaba penoso pronunciar esa palabra. Un día la dijiste, en el zaguán de mi casa, y por haberla dicho tenés toda mi gratitud.

Sirvió para que yo me decidiera a creer en vos, en tu cariño. Pero no podía aceptarla, porque hubiera sido una base falsa para este presente, que era futuro entonces. De aceptarla, hubiera tenido que aceptar también que vos te doblegaras, que te obligaras a una decisión para la que no estabas maduro. Me doblegué yo, en cambio, pero, como es lógico, puedo estar más segura de mis reacciones que de las tuyas. Yo sabía que, aun doblegándome, no te guardaría rencor; si te forzaba a doblegarte, en cambio, no sabía si vos me guardarías un poco de rencor. Ahora todo pasó. Ya caí. Hay algo atávico en la mujer que la lleva a defender la virginidad, a exigir y exigirse las máximas garantías para rodear su pérdida. Después, cuando una ya cayó, entonces se da cuenta de que todo era un mito, una vieja leyenda para cazar maridos. Por eso te digo que ahora no estoy segura de que el matrimonio sea nuestra mejor solución. Lo importante es que estemos unidos por algo: ese algo existe, ¿verdad que sí? Ahora bien, ¿no te parece más poderoso, más fuerte, más lindo que lo que nos una sea eso que verdaderamente existe, y no un simple trámite, el discurso ritual de un juez apurado y panzón? Además están tus hijos. Yo no quiero aparecer como queriendo disputar tu vida con la imagen de tu mujer, no quiero que ellos sientan celos en representación de su madre. Y finalmente, está tu miedo al tiempo, a que te vuelvas viejo y yo mire a otra parte. No seas tan mimoso. Lo que más me gusta de vos, es algo que no habrá tiempo capaz de quitártelo.» Más que sus verdades, eran mis deseos los que ella enunciaba tan calmosamente. Por otra parte, qué agradables de oír.

Lunes 22 de julio

Preparé cuidadosamente el encuentro, pero Avellaneda no sabía nada. Estábamos en la confitería.

Muy pocas veces salimos juntos. Ella siempre está nerviosa y cree que nos va a ver alguien de la oficina. Yo le digo que tarde o temprano eso tiene que ocurrir. Tampoco nos vamos a pasar la vida encerrados en el apartamento. Por sobre el pocillo, ella vio mi mirada. «¿A quién viste? ¿Alguno de allá?» Allá es la oficina. «No, no es de allá. Pero es alguien que quiere conocerte.» Se puso tan nerviosa que por un momento me arrepentí de haberle provocado esta prueba. Siguió el rumbo de mi mirada y la reconoció antes de que yo dijese otra cosa. Después de todo, Blanca debe tener algún rasgo mío. La llamé con un gesto. Estaba linda, alegre, simpática. Me sentí bastante orgulloso de mi paternidad. «Esta es Blanca, mi hija.» Avellaneda tendió la mano. Temblaba. Blanca estuvo muy bien. «Por favor, tranquilícese. Fui yo quien quiso conocerla.» Pero Avellaneda no recuperaba su equilibrio. Murmuraba, terriblemente inquieta: «Jesús. No puedo hacerme a la idea de que él le haya hablado de mí. No puedo hacerme a la idea de que usted haya querido conocerme. Perdóneme, debo parecerle no sé qué...» Blanca hacía todo lo posible por calmarla, yo también. Pese a todo, pude advertir que un cabo de simpatía se había tendido entre las dos mujeres. Son casi de la misma edad. De a poco, Avellaneda se fue tranquilizando; así y todo derramó alguna lagrimita. A los diez minutos, ya hablaban como dos personas civilizadas y normales. Yo las dejaba. Era un placer nuevo tenerlas a las dos junto a mí, a las dos mujeres que quiero más. Cuando nos separamos (Avellaneda insistió con fervor en que yo acompañara a mi hija), caminamos unas cuadras bajo la llovizna, antes de tomar el ómnibus. Después, ya en casa, Blanca me dio un abrazo, uno de esos abrazos que ella no derrocha y que por eso mismo son más memorables. Con su mejilla junto a la mía, me dijo: «Me gusta de veras. Nunca creí que supieras elegir tan bien.»

Comí un poco y me fui a la cama. Tengo un cansancio equivalente a un año entero de trabajos forzados. Pero qué importa.

Martes 23 de julio

No la veía a Avellaneda desde ayer, cuando nos dejó a Blanca y a mí. Hoy, temprano, en la oficina, se acercó a mi mesa con dos biblioratos para hacerme una consulta. Siempre nos cuidamos durante el trabajo (hasta ahora, nadie se dio cuenta). Pero hoy la examiné con atención. Yo quería saber cómo había salido de aquella trampa que le había preparado. Estaba seria, muy seria, casi sin colorete. Le di las indicaciones. Estábamos rodeados de gente, así que no podíamos decirnos nada. Pero ella, cuando se retiró, aprovechó para dejarme dos talonarios y un pedacito de papel con un solo garabato: «Gracias.»

Viernes 26 de julio

Ocho de la mañana. Estoy desayunando en el Tupí. Uno de mis mayores placeres. Sentarme junto a cualquiera de las ventanas que miran hacia la Plaza. Llueve. Mejor todavía. He aprendido a querer ese monstruo folklórico que es el Palacio Salvo. Por algo figura en todas las postales para turistas. Es casi una representación del carácter nacional: guarango, soso, recargado, simpático. Es tan, pero tan feo, que lo pone a uno de buen humor. Me gusta el Tupí a esta hora, bien temprano, cuando todavía no lo han invadido los maricas (me había olvidado de Jaime, qué pesadilla) y sólo hay uno que otro viejo aislado, leyendo *El Día* o *El Debate* con increíble fruición. La mayoría son jubilados que no han podido apearse de sus madrugones. ¿Seguiré yo viniendo al Tupí cuando me jubile? ¿No podré acostumbrarme a disfrutar de la cama hasta las once, como un hijo de director cualquiera? La verdadera división de las clases sociales, habría que hacerla teniendo en cuenta la hora en que cada uno se tira de la cama. Se acerca Biancamano, el mozo amnésico, eficientemente cándido y risueño. Por quinta vez le pido un cortado chico con medias lunas, y él me trae un café largo con traviatas. Es tanta su buena voluntad, que me doy por vencido. Mientras yo echo los cuadrados de azúcar en el pocillo, él me habla del tiempo y del trabajo. «Esta lluvia le molesta a la gente, pero yo digo: ¿Estamos en invierno o qué?» Yo le doy la razón, porque es evidente que estamos en invierno. Después lo llama un señor de la mesa del fondo, bastante molesto porque Biancamano le trajo algo que él no había encargado. Es uno que no se da por vencido. O quizá es un mero argentino, que vino a hacer su semanal negocito de dólares y todavía no conoce las costumbres de la casa. En la segunda parte de mi festín, entran los diarios. Hay días en que los compro todos. Me gusta reconocer sus constantes. El estilo de cabriola sintáctica en los editoriales de *El Debate;* la civilizada hipocresía de *El País;* el mazacote informativo de *El Día,* apenas interrumpido por una que otra morisqueta anticlerical; la robusta complexión de *La Mañana,* ganadera como ella sola. Qué diferentes y qué iguales. Entre ellos juegan una especie de truco, engañándose unos a otros, haciéndose señas, cambiando de parejas. Pero todos se sirven del mismo mazo, todos se alimentan de la misma mentira. Y nosotros leemos, y, a partir de esa lectura, creemos, votamos, discutimos, perdemos la memoria, nos olvidamos generosa, cretinamente, de que hoy dicen lo contrario de ayer, que hoy defienden ardorosamente a aquél de quien ayer dijeron pestes, y, lo peor de todo, que hoy ese mismo Aquél acepta, orgulloso y ufano, esa defensa. Por eso prefiero la espantosa franqueza del Palacio Salvo, porque siempre fue horrible, nunca nos engañó, porque se instaló aquí, en el sitio más concurrido de la ciudad, y desde hace treinta años nos obliga a que todos, naturales y extranjeros, levantemos los ojos en homenaje a su fealdad. Para mirar los diarios, hay que bajar los ojos.

Sábado 27 de julio

Está entusiasmada con Blanca. «Nunca imaginé que fueras capaz de tener una hija tan encantadora.» Me lo dice más o menos cada media hora. Esta frase y la de Blanca («Nunca creí que supieras elegir tan bien») no hablan muy amablemente de mí, de la confianza retroactiva que ellas depositaban en mis respectivas capacidades de generar y de escoger. Pero estoy contento. Y Avellaneda también. Su garabateado «gracias» del martes pasado tuvo después amplio desarrollo. Confiesa haber pasado un mal momento cuando se enfrentó a mi hija. Pensó que Blanca venía a hacerle una escena, con todos los reproches que se imaginaba explicables, que ella se creía a punto de merecer. Pensó que el choque iba a ser tan violento, tan grave, tan demoledor, que lo nuestro no iba a sobrevivir. Y sólo entonces se dio cuenta cabal de que eso nuestro realmente importaba en su vida, que quizá le fuera insoportable acabar ahora con esta situación que apenas tiene patente de provisoria. «No querrás creerlo, pero todo eso me pasó por la cabeza mientras tu hija se acercaba por entre las mesas.» Por eso, la actitud amistosa de Blanca fue para ella un regalo inesperado. «Decime, ¿podré ser su amiga?», es ahora su pregunta esperanzada, y pone una cara deliciosa, tal vez la misma con que hace veinte años habrá preguntado a sus padres sobre los Reyes Magos.

Martes 30 de julio

No hay noticias de Jaime. Blanca preguntó a la oficina. Hace diez días que no va. Con Esteban hemos llegado al tácito acuerdo de no hablar del problema. Para él ha sido un golpe también. Me pregunto cómo reaccionará cuando se entere de la existencia de Avellaneda. Le he pedido a Blanca que no le diga nada. Por ahora, al menos. Tal vez yo exagere la nota, situando a mis hijos (o permitiendo que ellos se encaramen allí) en una función de jueces. Yo he cumplido con ellos. Les he dado instrucción, cuidado, cariño. Bueno, quizá en el tercer rubro he sido un poco avaro. Pero es que yo no puedo ser uno de esos tipos que andan siempre con el corazón en la mano. A mí me cuesta ser cariñoso, inclusive en la vida amorosa. Siempre doy menos de lo que tengo. Mi estilo de querer es ése, un poco reticente, reservando el máximo sólo para las grandes ocasiones. Quizá haya una razón y es que tengo la manía de los matices, de las gradaciones. De modo que si siempre estuviera expresando el máximo ¿qué dejaría para esos momentos (hay cuatro o cinco en cada vida, en cada individuo) en que uno debe apelar al corazón en pleno? También siento un leve resquemor frente a lo cursi, y a mí lo cursi me parece justamente eso: andar siempre con el corazón en la mano. Al que llora todos los días, ¿qué le queda por hacer cuando le toque un gran dolor, un dolor para el cual sean necesarias las máximas defensas? Siempre puede matarse, pero eso, después de todo, no deja de ser una pobre solución. Quiero decir que es más bien imposible vivir en crisis permanente, fabricándose una impre-

sionabilidad que lo sumerja a uno (una especie de baño
diario) en pequeñas agonías. Las buenas señoras dicen
con su habitual sentido de la economía psicológica, que
no van al cine a ver películas tristes porque «bastante
amarga es la vida». Y tienen algo de razón: bastante
amarga es la vida como para que, además, nos ponga-
mos plañideros o mimosos o histéricos, sólo porque
algo se puso en nuestro camino y no nos deja proseguir
nuestra excursión hacia la dicha, que a veces está al
lado del desatino. Recuerdo que una vez, cuando los
chicos iban al colegio, en la clase de Jaime pusieron un
deber, una de esas recurrentes composiciones sobre el
clásico tema de la madre. Jaime tenía nueve años y volvió a casa sintiéndose profundamente desgraciado. Yo
traté de hacerle entender que eso le iba a pasar muchas
veces, que él había perdido a su madre y debía conformarse, que no era cosa de estar llorando por eso todos
los días, y que la mayor prueba de afecto era precisamente demostrar que esa ausencia no le ponía en inferioridad de condiciones frente a los otros. Quizá mi
lenguaje fuera inapropiado para su edad. Lo cierto es
que dejó de llorar, me miró con una animadversión es-
tremecedora, y, con una firmeza de predestinado, pronunció estas palabras: «Vos vas a ser mi madre, y si
no te mato.» ¿Qué quiso decir? No era tan chico como
para no saber que estaba reclamando un absurdo, pero
quizá no era tan grande como para disimular mejor su
primera agonía, la primera de esas diarias agonías en
las que después concentró sus rencores, sus rebeldías,
sus frustraciones. El hecho de que sus maestras, sus
compañeros, la sociedad, reclamaran a su madre, le hacía sentir por primera vez toda la fuerza de su ausencia. No sé por qué prodigio imaginativo me echaba
a mí las culpas de esa ausencia. Quizá pensaba que si
yo la hubiese cuidado mejor, ella no habría desaparecido. Yo era el culpable, por lo tanto debía sustituirla.

«Si no te mato.» No me mató, claro, pero se vino a matar él, a anularse él. Ya que el hombre de la familia le
había fallado, se dedicó a negar al hombre que había
en sí mismo. ¡Ufa! Qué complicada explicación para
desarrollar un hecho tan escueto, tan ordinario, tan ile-
vantable. Mi hijo es un marica. Un marica. Uno como
el repugnante de Santini, el que tiene la hermana que se
desnuda. Hubiera preferido que me saliera ladrón, mor-
finómano, imbécil. Quisiera sentir lástima hacia él, pero
no puedo. Sé que hay explicaciones racionales y hasta
razonables. Sé que muchas de esas explicaciones me
cargarían a mí con parte de la culpa. Pero ¿por qué
Esteban y Blanca crecieron normalmente, por qué ellos
no se desviaron y el otro sí? Justamente el otro, el que
yo más quería. Nada de lástima. Ni ahora ni nunca.

Jueves 1.º de agosto

Me llamó el gerente. Nunca lo pude tragar. Es
un tipo maravillosamente ordinario y cobarde. Alguna
vez he tratado de representarme su alma, su ser abstracto, y he conseguido una imagen repulsiva. Allí donde normalmente va la dignidad, él sólo tiene un mu-
ñón; se la amputaron. La dignidad ortopédica que
ahora usa, le alcanza empero para sonreír. Precisamente, sonreía cuando entré en el despacho. «Una buena
noticia.» Cuando se restregaba las manos, parecía que
me iba a acogotar. «Le ofrecen nada menos que la subgerencia.» A la vista estaba que él no compartía la
oferta del Directorio. «Permítame que lo felicite.»
Tiene una mano pegajosa, como si acabara de abrir un
tarro de mermelada. «Claro que con una condición.»
Por una vez, la piedra detrás del cangrejo. Realmente
se parece a un cangrejo. Sobre todo en ese instante en
que caminaba hacia el costado para salir de atrás de su

escritorio. «La condición es que usted no se jubile hasta dentro de dos años.» ¿Y el ocio? Es un lindo puesto la subgerencia, sobre todo para terminar la carrera en la empresa. Hay poco que hacer, se atiende a algunos clientes importantes, se vigila el trabajo del personal, se sustituye al gerente cuando éste se ausenta, se dedica uno a aguantar a los directores y sus chistes horribles, a las señoras de los directores y sus muestras de enciclopédica ignorancia. Pero ¿y mi ocio? «¿Cuánto tiempo me da para pensarlo?», pregunté. Era un anticipo de mi negativa. Al Cangrejo le brillaron los ojos, y dijo: «Una semana. El jueves próximo tengo que llevar su respuesta al Directorio.» Cuando volví a la sección, todos lo sabían. Siempre pasa eso con las noticias estrictamente confidenciales. Hubo abrazos, felicitaciones, comentarios. Hasta la funcionaria Avellaneda se acercó y me dio la mano. De todas aquellas manos, la suya era la única que transmitía la vida.

Sábado 3 de agosto

Lo hablé largamente con ella. Me dice que lo piense bien, que la subgerencia es un puesto cómodo, agradable, respetado, bien pago. Bueno, lo mismo que yo sé. Pero también sé que tengo derecho al descanso y que ese derecho no lo vendo por cien pesos más de sueldo. Quizá tampoco lo vendería aunque la oferta fuera mucho mayor. Para mí lo esencial ha sido siempre que lo que gane me alcance para vivir. Y a mí me alcanza. Tengo un buen sueldo. No preciso más. Ni siquiera ahora, con el gasto extra del apartamento. Cuando me jubile, además, creo que podré contar con una entrada levemente mayor (casi cien pesos más) ya que los aguinaldos me han aumentado considerablemente el promedio de los últimos cinco años y además no tendré descuentos. Claro, deberé afrontar la baja de la moneda, que es la más segura garantía de inflación. La amenaza es cierta, pero tengo siempre la posibilidad de llevar alguna contabilidad más o menos clandestina. Claro que Avellaneda esgrime además otras razones más conmovedoras, menos contantes y sonantes que toda esta sórdida previsión: «Si vos no estás allí, la oficina va a ser insoportable.» Mejor. Con eso tampoco me convence, porque tengo un proyecto: que cuando me jubile, ella deje de trabajar. Lo mío alcanzará para los dos. Además, somos módicos. Nuestras diversiones son, por razones obvias, rigurosamente domésticas. Alguna vez al cine, a un restorán, a una confitería. Algún domingo, cuando hace frío pero hay sol, a caminar por la orilla, a respirar mejor. Compramos algún libro, algún disco, pero más que cualquier otra cosa nos entretiene hablar, hablar de nosotros, referirnos toda esa zona de nuestras vidas que está antes de Lo Nuestro. No hay diversión, no hay espectáculo que pueda sustituir lo que disfrutamos en ese ejercicio de la sinceridad, de la franqueza. Ya vamos adquiriendo un mayor entrenamiento. Porque también hay que habituarse a la sinceridad. Con todos estos años en que Aníbal estuvo en el extranjero, con tantos problemas de comunicación en mis relaciones con mis hijos, con el pudor defensivo que siempre resguardó mi vida privada de la malicia oficinesca, con mis sólo higiénicas aproximaciones a mujeres siempre nuevas, nunca repetidas, es evidente que me había ido desacostumbrando a la sinceridad. Incluso es probable que sólo en forma esporádica la practicara conmigo mismo. Digo esto porque alguna vez, en estos diálogos francos con Avellaneda, me he encontrado pronunciando palabras que me parecían más sinceras aún que mis pensamientos. ¿Es posible eso?

Domingo 4 de agosto

Esta mañana abrí un cajón del armario chico y se desparramaron por el suelo una cantidad imprevista de fotos, recortes, cartas, recibos, apuntes. Entonces vi un papel de un color indefinido (es probable que en su origen haya sido verde, pero ahora tenía unas manchas oscuras, con la tinta corrida por viejas humedades para siempre resecas). Hasta ese momento no recordaba en absoluto su existencia, pero en cuanto lo vi reconocí la carta de Isabel. Pocas cartas nos hemos escrito Isabel y yo. En realidad, no hubo motivo, ya que no tuvimos largas separaciones. La carta estaba fechada en Tacuarembó, el 17 de octubre de 1935. Me sentí un poco extraño al enfrentarme a aquellos caracteres delgados, de largas y perfiladas colas, en los que era posible reconocer una persona y también una época. Era evidente que no había sido escrita con una estilográfica, sino con una de aquellas plumas cucharita que, no bien se las obligaba a escribir, sabían quejarse sordamente y hasta escupir a su alrededor gotitas casi invisibles de tinta violeta. Tengo que transcribir esa carta en esta libreta. Tengo que hacerlo, porque ella es parte de mí mismo, de mi incanjeable historia. Me fue dirigida en una circunstancia muy especial y, además, su relectura me ha descentrado un poco, me ha hecho dudar de algunas cosas, incluso diría que me ha conmovido. Dice así: «Querido mío: hace tres semanas que llegué. Tradúcelo: tres semanas que duermo sola. ¿No te parece horrible? Tú sabes que a veces me despierto de noche y tengo absoluta necesidad de tocarte, de sentirte a mi lado. No sé qué tienes de reconfortante, pero el saberte junto a mí hace que en el semisueño me sienta bajo tu protección. Ahora tengo horribles pesadillas, pero mis pesadillas no tienen monstruos. Sólo consisten en soñar que estoy sola en la cama, sin ti. Y cuando me despierto y ahuyento la pesadilla, resulta que efectivamente estoy sola en la cama, sin ti. La única diferencia es que en el sueño no puedo llorar y, en cambio, cuando me despierto, lloro. ¿Por qué me pasa esto? Sé que estás en Montevideo, sé que te cuidas, sé que piensas en mí. ¿Verdad que piensas? Esteban y la nena están bien, aunque sabes que tía Zulma los mima demasiado. Apróntate a que, a nuestro regreso, la nena no nos deje dormir por unas cuantas noches. Por Dios, ¿cuándo vendrán esas cuantas noches? Tengo una noticia, ¿sabes? Estoy otra vez embarazada. Es horrible decírtelo y que no me beses. ¿O para ti no es tan horrible? Será varón y le pondremos Jaime. Me gustan los nombres que empiezan con jota. No sé por qué, pero esta vez tengo un poco de miedo. ¿Y si me muero? Contéstame pronto diciéndome que no, que no voy a morirme. ¿Pensaste ya qué harías si yo me muero? Tú eres animoso, sabrías defenderte; además, encontrarías en seguida otra mujer, ya estoy espantosamente celosa de ella. ¿Viste qué neurasténica estoy? Es que me hace mucho mal no tenerte aquí, o que no me tengas allí, es lo mismo. No te rías; siempre te ríes de todo, aun cuando no se trate de nada gracioso. No te rías, no seas malo. Escríbeme diciendo que no voy a morirme. Ni siquiera como alma en pena podría dejar de extrañarte. Ah, antes que me olvide: háblale por teléfono a Maruja para hacerle acordar de que el 22 es el cumpleaños de Dora. Que la salude por mí y por ella. ¿La casa está muy sucia? ¿Fue a limpiar la muchacha que me recomendó Celia? Cuidado con mirarla demasiado ¿eh? Tía Zulma está feliz de tener aquí a los nenes. Y Tío Eduardo no te digo nada... Los dos me hacen grandes cuentos de ti, cuando tenías diez años y venías a pasar aquí tus vacaciones. Parece que te hiciste famoso con tus respuestas para todo. Un muchacho bárbaro, dice tío Eduardo. Yo creo que sigues siendo un muchacho bárbaro, aun cuando llegas cansado de la oficina y tienes en los ojos un poco de resentimiento, y me tratas con ligereza, a veces con rabia. Pero de noche lo pasamos bien, ¿no es cierto? Hace tres días que está lloviendo. Yo me siento junto al balcón de la sala y miro la calle. Pero por la calle no pasa ni un alma. Cuando los nenes están durmiendo, voy al escritorio de tío Eduardo y me entretengo con el Diccionario Hispanoamericano. Aumentan a ojos vistas mi cultura y mi aburrimiento. ¿Será niño o niña? Si fuera niña, puedes elegir el nombre, siempre y cuando no sea Leonor. Pero no. Va a ser varón y se llamará Jaime, y tendrá una cara larga como la tuya y será muy feo y tendrá mucho éxito con las mujeres. Mira, me gustan los hijos, los quiero mucho, pero lo que más me gusta es que sean hijos tuyos. Ahora llueve frenéticamente sobre los adoquines. Voy a hacer el solitario de los cinco montones, el que me enseñó Dora, ¿te acuerdas? Si me sale, es que no me voy a morir de parto. Te quiere, te quiere, te quiere, tu Isabel. P.D.: ¡Salió el solitario! ¡Hurra!»

A veintidós años de distancia, qué indefenso parece este entusiasmo. Sin embargo, era legítimo, era honesto, era cierto. Es curioso que con la relectura de esta carta haya vuelto a encontrar el rostro de Isabel, ese rostro que, a pesar de todos mis olvidos, estaba en mi memoria. Y lo hallé a partir de esos «tú», de esos «puedes», de esos «tienes», porque Isabel nunca hablaba de «vos», y no por convicción sino meramente por costumbre, quizá por manía. Leí esos «tú» y en seguida pude reconstruir la boca que los decía. Y en Isabel la boca era lo más importante de su rostro. La carta es como ella era: un poco caótica, en permanente vaivén del optimismo al pesimismo y viceversa, siempre alrededor del amor en la cama, llena de temores, movediza. Pobre Isabel. El hijo fue varón y se llamó Jaime, pero ella murió de un ataque de eclampsia, pocas horas después del parto. Jaime no tiene una cara larga como la mía. No es nada feo, pero su éxito con las mujeres es provisorio, y además inútil. Pobre Isabel. Creía que, sacando el solitario, ya había convencido al destino, y únicamente lo había provocado. Todo está tan lejano, tan lejano. Hasta el marido de Isabel, el destinatario de esa carta de 1935 que era yo mismo, hasta ése también está ahora lejos, no sé si para bien o para mal. «No te rías», me dice y me repite. Y era cierto: yo me reía en ese entonces muy seguido y a ella mi risa le caía mal. No le gustaban las arrugas que se me formaban junto a los ojos cuando me reía, ni encontraba graciosa la causa de mi risa, ni podía evitar sentirse molesta y agresiva cuando yo me reía. Cuando estábamos con otra gente y yo me reía, ella me miraba con ojos de censura, que anticipaban el reproche posterior para cuando estábamos solos: «No te rías, por favor, quedas horrible.» Cuando ella murió, la risa se me cayó de la boca. Anduve casi un año agobiado por tres cosas: el dolor, el trabajo y los hijos. Después volvió el equilibrio, volvió el aplomo, volvió la calma. Pero la risa no volvió. Bueno, a veces me río, claro, pero por algún motivo especial o porque conscientemente quiero reírme, y esto es muy raro. En cambio, aquella risa que era casi un tic, un gesto permanente, ésa no volvió. A veces pienso que es una lástima que no esté Isabel para verme tan serio; ella hubiera disfrutado mucho con mi seriedad actual. Pero, tal vez, si Isabel estuviera aquí, conmigo, no me habría curado de la risa. Pobre Isabel. Ahora me doy cuenta de que hablaba muy poco con ella. A veces no encontraba de qué hablar; en realidad, no había entre nosotros muchos temas comunes, aparte de los hijos, los acreedores, el sexo. Pero de este último tema no era imprescindible hablar. Ya eran bastante elocuentes nuestras noches. ¿Eso era el amor? No estoy seguro. Es probable que si nuestro matrimonio no hubiera terminado a los cinco años, habríamos advertido más tarde que eso era sólo un ingrediente. Y quizá no mucho más tarde. Pero en esos cinco años fue un ingrediente que alcanzó para mantenernos unidos, fuertemente unidos. Ahora, con Avellaneda, el sexo es (para mí, al menos) un ingrediente menos importante, menos vital; mucho más importantes, más vitales, son nuestras conversaciones, nuestras afinidades. Pero no me encandilo. Tengo bien presente que ahora tengo cuarenta y nueve años y cuando murió Isabel tenía veintiocho. Es más que seguro que si ahora apareciese Isabel, la misma Isabel de 1935 que escribió su carta desde Tacuarembó, una Isabel de pelo negro, de ojos buscadores, de caderas tangibles, de piernas perfectas, es más que seguro que yo diría: «Qué lástima» y me iría a buscar a Avellaneda.

Miércoles 7 de agosto

Otro elemento a tener en cuenta frente a la posibilidad de la subgerencia. Si en mi vida no se hubiera introducido Avellaneda, quizá tendría derecho a vacilar. Comprendo que para algunos el ocio puede ser fatal; sé de varios jubilados que no fueron capaces de sobrevivir a esa interrupción de la rutina. Pero esa es gente que se ha ido endureciendo, anquilosando, que virtualmente ha ido dejando de pensar por su cuenta. No creo que éste fuera mi caso. Yo pienso por mi cuenta. Pero aun pensando por mi cuenta, podría desconfiar del ocio, siempre que el ocio fuera una simple variante de la soledad; como podría serlo, en mi futuro de hace unos meses, antes de que apareciese Avellaneda. Pero con ella instalada en mi existencia, ya no habrá soledad. Es decir: ojalá que no haya. Hay que ser más modesto, más modesto. No frente a los demás, eso qué importa. Hay que ser más modesto cuando uno se enfrenta, cuando uno se confiesa a sí mismo, cuando uno se acerca a su última verdad, que aún puede llegar a ser más decisiva que la voz de la conciencia, porque ésta sufre de afonías, de imprevistas ronqueras, que a menudo le impiden ser audible. Ya sé ahora que mi soledad era un horrible fantasma, sé que la sola presencia de Avellaneda ha bastado para espantarla, pero sé también que no ha muerto, que estará juntando fuerzas en algún sótano inmundo, en algún arrabal de mi rutina. Por eso, sólo por eso, me apeo de mi suficiencia y me limito a decir: ojalá.

Jueves 8 de agosto

Qué alivio. Ya contesté que no. El gerente sonrió satisfecho, satisfecho porque yo no le gusto como colaborador, y también porque mi negativa le servirá para crear la retroactividad de las buenas razones que seguramente habrá esgrimido para oponerse a mi ascenso. «Lo que yo decía: un hombre terminado, un hombre que no quiere lucha. Para este cargo necesitamos un tipo activo, vital, emprendedor, no un fatigado.» Me parece ver el jueguecito grosero, jactancioso, egocéntrico, de su asqueroso pulgar. Asunto concluido. Qué tranquilidad.

Lunes 12 de agosto

Ayer de tarde estábamos sentados junto a la mesa. No hacíamos nada, ni siquiera hablábamos. Yo tenía apoyada mi mano sobre un cenicero sin ceniza. Estábamos tristes: eso era lo que estábamos, tristes. Pero era una tristeza dulce, casi una paz. Ella me estaba mirando y de pronto movió los labios para decir dos palabras. Dijo: «Te quiero.» Entonces me di cuenta de que era la primera vez que me lo decía, más aún; que era la primera vez que lo decía a alguien. Isabel me lo hubiera repetido veinte veces por noche. Para Isabel, repetirlo era como otro beso, era un simple resorte del juego amoroso. Avellaneda, en cambio, lo había dicho una vez, la necesaria. Quizá ya no precise decirlo más, porque no es juego: es una esencia. Entonces sentí una tremenda opresión en el pecho, una opresión en la que no parecía estar afectado ningún órgano físico, pero que era casi asfixiante, insoportable. Ahí, en el pecho, cerca de la garganta, ahí debe estar el alma, hecha un ovillo. «Hasta ahora no te lo había dicho», murmuró, «no porque no te quisiera, sino porque ignoraba por qué te quería. Ahora lo sé». Pude respirar, me pareció que la bocanada de aire llegaba desde mi estómago. Siempre puedo respirar cuando alguien explica las cosas. El deleite frente al misterio, el goce frente a lo inesperado, son sensaciones que a veces mis módicas fuerzas no soportan. Menos mal que alguien explica siempre las cosas. «Ahora lo sé. No te quiero por tu cara, ni por tus años, ni por tus palabras, ni por tus intenciones. Te quiero porque estás hecho de buena madera.» Nadie me había dedicado jamás un juicio tan conmovedor, tan sencillo, tan vivificante. Quiero creer que es cierto, quiero creer que estoy hecho de buena madera. Quizá ese momento haya sido excepcional, pero de todos modos me sentí vivir. Esa opresión en el pecho significa vivir.

Jueves 15 de agosto

El lunes próximo empezaré mi última licencia. Será un anticipo del gran Ocio Final. Jaime no ha dado señales de vida.

Viernes 16 de agosto

Un incidente verdaderamente incómodo. Me había encontrado a las siete y media con Aníbal, y después de charlar un rato en el café, tomamos el trole. A él también le sirve, aunque se baja antes. Hablábamos de mujeres, matrimonio, fidelidad, etc. Todo en términos muy amplios, generales. Yo, en voz muy baja, porque siempre he recelado del oído viajero de la gente; pero Aníbal aun cuando quiere secretear, lo hace con un soplido estentóreo que inunda el ambiente. No sé a qué caso concreto nos referíamos. De pie junto a él, en el pasillo, iba una vieja de cara cuadrada y sombrero redondo. Yo me di cuenta de que estaba pendiente de las palabras de Aníbal, pero como lo que éste iba diciendo era muy edificante, muy pequeño burgués, muy moral sin atenuantes, no me preocupé demasiado. Sin embargo, cuando Aníbal bajó y la vieja pasó a ocupar su asiento junto a mí, lo primero que me dijo fue: «No le haga caso a ese tipo diabólico.» Y antes de que yo articulara un estupefacto: «¿Cómo dijo?», ya la vieja seguía: «Un tipo verdaderamente diabólico. Son esos los que arruinan los hogares. Ah, ustedes los pantalones. ¡Con qué facilidad condenan a las mujeres! Mire, yo le puedo asegurar que cuando una mujer se pierde, siempre hay un hombre ruin, cretino, denigrante, que primero le hizo perder la fe en sí misma.» La vieja hablaba a los gritos. Todas las cabezas empezaron a darse vuelta para registrar quién era el destinatario de semejante responso. Yo me sentía como un insecto. Y la vieja seguía: «Yo soy batllista pero contraria al divorcio. El divorcio es lo que ha matado la familia. ¿Sabe en qué va a parar ese tipo diabólico que le acompañaba? Ah, no lo sabe. Pues yo sí lo sé. Ese tipo va a parar a la cárcel o se va a matar. Y lo bien que haría. Porque yo conozco hombres a los que habría que quemarlos vivos.» Me representé la insólita imagen de Aníbal chamuscándose en la hoguera. Sólo entonces tuve aliento para responder. «Dígame, señora, ¿por qué no se calla? ¿Usted qué sabe del problema? Lo que aquel señor venía diciendo es justamente lo contrario de lo que usted entendió...» Y la vieja, incólume: «Fíjese en las familias de antes. Ahí sí había moral. Usted pasaba al atardecer frente a los hogares y veía sentados en la vereda al esposo, la esposa y los hijos, todos juiciosos, dignos, bien educados. Eso es la felicidad, señor, y no tratar siempre que la mujer se pierda, que la mujer se entregue a la mala vida. Porque en el fondo ninguna mujer es mala, ¿sabe?» Y cuando me gritaba eso agitando el índice, el sombrero se le desacomodaba un poco hacia la izquierda. Confieso que esa imagen ideal de la felicidad con toda la familia sentada en la vereda, no llegaba a conmoverme demasiado. «Usted no le haga caso, señor. Usted ríase, eso es lo que tiene que hacer.» «¿Y por qué no se ríe usted, en vez de ponerse tan furiosa?» La gente ya había empezado a hacer comentarios. La vieja tenía sus partidarios; yo, los míos. Cuando digo «yo», quiero decir ese enemigo hipotético y fantasmal contra el cual la señora descargaba sus improperios. «Y tenga en cuenta que soy batllista pero contraria al divorcio.» Entonces, antes de que reiniciara el ominoso ciclo, pedí permiso y me bajé, diez cuadras antes de mi destino.

Sábado 17 de agosto

Esta mañana estuve hablando con dos miembros del Directorio. Cosas sin mayor importancia, pero que alcanzaron, sin embargo, para hacerme entender que sienten por mí un amable, comprensivo desprecio.

Imagino que ellos, cuando se repantigan en los mullidos sillones de la sala de Directorio, se deben sentir casi omnipotentes, por lo menos tan cerca del Olimpo como puede llegar a sentirse un alma sórdida y oscura. Han llegado al máximo. Para un futbolista, el máximo significa llegar un día a integrar el combinado nacional; para un místico, comunicarse alguna vez con su Dios; para un sentimental, hallar en alguna ocasión en otro ser el verdadero eco de sus sentimientos. Para esta pobre gente, en cambio, el máximo es llegar a sentarse en los butacones directoriales, experimentar la sensación (que para otros sería tan incómoda) de que algunos destinos están en sus manos, hacerse la ilusión de que resuelven, de que disponen, de que son alguien. Hoy, sin embargo, cuando yo los miraba, no podía hallarles cara de Alguien sino de Algo. Me parecen Cosas, no Personas. Pero, ¿qué les pareceré yo? Un imbécil, un incapaz, una piltrafa que se atrevió a rechazar una oferta del Olimpo. Una vez, hace muchos años, le oí decir al más viejo de ellos: «El gran error de algunos hombres de comercio es tratar a sus empleados como si fueran seres humanos.» Nunca me olvidé ni me olvidaré de esa frasecita, sencillamente porque no la puedo perdonar. No sólo en mi nombre, sino en nombre de todo el género humano. Ahora siento la fuerte tentación de dar vuelta la frase y pensar: «El gran error de algunos empleados es tratar a sus patrones como si fueran personas.» Pero me resisto a esa tentación. Son personas. No lo parecen, pero son. Y personas dignas de una odiosa piedad, de la más infamante de las piedades, porque la verdad es que se forman una cáscara de orgullo, un repugnante empaque, una sólida hipocresía, pero en el fondo son huecos. Asquerosos y huecos. Y padecen la más horrible variante de la soledad: la soledad del que ni siquiera se tiene a sí mismo.

Domingo 18 de agosto

«Contame cosas de Isabel.» Avellaneda tiene eso de bueno: hace que uno se descubra cosas, que se conozca mejor. Cuando uno permanece mucho tiempo solo, cuando pasan años y años sin que el diálogo vivificante y buceador lo estimule a llevar esa modesta civilización del alma que se llama lucidez hasta las zonas más intrincadas del instinto, hasta esas tierras realmente vírgenes, inexploradas, de los deseos, de los sentimientos, de las repulsiones, cuando esa soledad se convierte en rutina, uno va perdiendo inexorablemente la capacidad de sentirse sacudido, de sentirse vivir. Pero viene Avellaneda y hace preguntas, y sobre las preguntas que me hace, yo me hago muchas más, y entonces sí, ahora sí, me siento vivo y sacudido. «Contame cosas de Isabel» es un pedido inocente, simple, y sin embargo… Las cosas de Isabel son mis cosas, o fueron; son las cosas de ese tipo que era yo en tiempos de Isabel. Qué inmadurez, Dios mío. Cuando apareció Isabel, yo no sabía lo que quería, no sabía qué esperaba de ella o de mí. No había modos de comparar, pues no había patrones para reconocer cuándo era felicidad, cuándo desdicha. Los buenos momentos iban formando después la definición de la felicidad, los malos momentos servían para crear la fórmula de la desdicha. Eso también se llama frescura, espontaneidad, pero a cuántos abismos lleva lo espontáneo. Yo tuve suerte, en medio de todo. Isabel era buena, yo no era un cretino. Nuestra unión nunca fue complicada. Pero ¿qué habría pasado si el tiempo hubiera llegado a gastar ese amenazado atractivo del sexo? «Contame cosas de Isabel» era una invitación a la sinceridad. Yo sabía el riesgo que corría. Los celos retrospectivos (por su imposibilidad de rencor, por su falta de desafío, por su improbable competencia) son espantosamente crueles. No obstante, fui sincero. Conté las cosas de Isabel que verdaderamente eran suyas. Y mías. No inventé una Isabel que permitiera lucirme ante Avellaneda. Tuve el impulso de hacerlo, claro. A uno siempre le gusta quedar bien, y después de quedar bien le gusta quedar mejor frente a quien quiere, frente a quien uno, a su vez, pretende hacer méritos para ser querido. No la inventé, primero, porque creo que Avellaneda es digna de la verdad, y luego, porque yo también soy digno, porque estoy fatigado (y en este caso la fatiga es casi un asco) del disimulo, de ese disimulo que uno se pone como una careta sobre el viejo rostro sensible. Por eso, no estoy asombrado de que, a medida que Avellaneda se fue enterando de cómo había sido Isabel, yo también me haya ido enterando de cómo había sido yo.

Lunes 19 de agosto

Empecé hoy mi última licencia. Llovió todo el día. Estuve toda la tarde en el apartamento. Cambié dos tomacorrientes, pinté un armarito, me lavé dos camisas de nailon. A las siete y media llegó Avellaneda, pero sólo estuvo hasta las ocho. Tenía que ir al cumpleaños de una tía. Dice que Muñoz, como suplente mío, es insoportablemente mandón y pedante. Ya tuvo un incidente con Robledo.

Martes 20 de agosto

Hace un mes que Jaime se fue de casa. Piense o no en eso, lo cierto es que el problema me acompaña siempre. ¡Si por lo menos hubiera podido hablar una sola vez con él!

Miércoles 21 de agosto

Me quedé en casa y leí no sé cuántas horas, pero sólo revistas. No quiero hacerlo más. Me deja una horrible sensación de tiempo derrochado, algo así como si la estupidez me anestesiara el cerebro.

Jueves 22 de agosto

Me siento un poco extraño sin la oficina. Pero quizá me sienta así porque tengo conciencia de que esto no es el verdadero ocio, de que es tan sólo un ocio a término, amenazado otra vez por la oficina.

Viernes 23 de agosto

Le quise dar una sorpresa. Me puse a esperarla a una cuadra de la oficina. A las siete y cinco la vi acercarse. Pero venía con Robledo. No sé qué le diría Robledo; lo cierto es que ella se reía sin trabas, realmente divertida. ¿Desde cuándo Robledo es tan gracioso? Me metí en un café, los dejé pasar y después empecé a caminar a unos treinta pasos detrás de ellos. Al llegar a Andes se despidieron. Ella dobló hacia San José. Iba al apartamento, claro. Yo entré en un cafecito bastante mugriento, donde me sirvieron un cortado en un pocillo que aún tenía pintura de labios. No lo tomé, pero tampoco le reclamé al mozo. Estaba agitado, nervioso, intranquilo. Sobre todo, fastidiado conmigo mismo. Avellaneda riéndose con Robledo. ¿Qué había de malo en eso? Avellaneda en una simple relación humana, no meramente oficinesca, con un tipo que no era yo. Avellaneda caminando por la calle junto a un hombre joven, uno de su generación, no un ca-

landraca como yo. Avellaneda lejos de mí, Avellaneda
viviendo por su cuenta. Claro que no había nada malo
en todo eso. Pero la horrible sensación proviene quizá
de que ésta es la primera vez que entreveo conscientemente la posibilidad de que Avellaneda pueda exis-
tir, desenvolverse y reír, sin que mi amparo (no digamos mi amor) resulte imprescindible. Yo sabía que
la conversación entre ella y Robledo había sido inocente. O quizá no. Porque Robledo no tiene por qué
saber que ella no es libre. Qué idiota, qué cursi, qué
convencional me siento al escribir: «Ella no es libre.»
¿Libre para qué? Acaso la esencia de mi inquietud
sea haber comprobado esto, nada más: que ella puede
sentirse muy cómoda con gente joven, especialmente
con un hombre joven. Y otra cosa: esto que vi no es
nada, pero en cambio es mucho lo que entreví, y lo
que entreví es el riesgo de perderlo todo. Robledo no
interesa. En el fondo es un frívolo que jamás llegaría
a interesarle. Salvo que yo no la conozca en absoluto.
Bueno, ¿la conoceré? Robledo no interesa. Pero ¿y los
otros, todos los otros del mundo? Si un hombre joven
la hace reír, ¿cuántos otros pueden enamorarla? Si
ella me pierde un día (su única enemiga puede ser la
muerte, la maliciosa muerte que nos tiene fichados),
ella tendría su vida entera, tendría el tiempo en sus
manos, tendría su corazón, que siempre será nuevo,
generoso, espléndido. Pero si yo la pierdo un día (mi
único enemigo es el Hombre, el Hombre que está en
todas las esquinas del mundo, el Hombre que es joven
y fuerte y que promete), perdería con ella la última
oportunidad de vivir, el último respiro del tiempo, porque si bien mi corazón ahora se siente generoso, alegre, renovado, sin ella volvería a ser un corazón definitivamente envejecido.

Pagué el cortado que no tomé y me encaminé
hacia el apartamento. Llevaba conmigo un vergonzan-

te temor a su silencio, sobre todo porque sabía de antemano que aunque ella no dijese nada, yo no iba a investigar ni a preguntar ni a reprochar. Simplemente iba a tragarme la amargura, y, eso sí era seguro, a comenzar una era de pequeñas tormentas sin desahogo. Tengo una particular desconfianza hacia mis épocas grises. Creo que me temblaba la mano cuando hice girar la llave de la cerradura. «¿Cómo llegaste tan tarde?», gritó desde la cocina. «Estaba esperándote para contarte la última locura de Robledo, ¡qué tipo! Hacía años que no me reía tanto.» Y apareció en el living con su delantal, su pollera verde, su buzo negro, sus ojos limpios, cálidos, sinceros. Ella no podrá saber nunca de qué me estaba salvando con esas palabras. La atraje hacia mí y mientras la abrazaba, mientras aspiraba el olor tiernamente animal de sus hombros a través del otro olor universal de la lana, sentí que el mundo empezaba de nuevo a girar, sentí que podía relegar otra vez a un futuro lejano, todavía innominado, esa amenaza concreta que se había llamado Avellaneda y los Otros. «Avellaneda y yo», dije, despacito. Ella no entendió el porqué de esas tres palabras en esa precisa oportunidad, pero alguna oscura intuición le hizo saber que estaba aconteciendo algo importante. Se separó un poco de mí, todavía sin soltarme, y reclamó: «A ver, decilo otra vez.» «Avellaneda y yo», repetí, obediente. Ahora estoy solo, de vuelta en casa, y son casi las dos de la madrugada. De vez en cuando, nada más que porque me da fuerzas y me entona y me afirma, sigo repitiendo: «Avellaneda y yo.»

Sábado 24 de agosto

Son raras las veces que pienso en Dios. Sin embargo, tengo un fondo religioso, un ansia de religión. Quisiera convencerme de que efectivamente poseo una definición de Dios, un concepto de Dios. Pero no poseo nada semejante. Son raras las veces en que pienso en Dios, sencillamente porque el problema me excede tan sobrada y soberanamente, que llega a provocarme una especie de pánico, una desbandada general de mi lucidez y de mis razones. «Dios es la Totalidad», dice a menudo Avellaneda. «Dios es la Esencia de todo» dice Aníbal, «lo que mantiene todo en equilibrio, en armonía, Dios es la Gran Coherencia». Soy capaz de entender una y otra definición, pero ni una ni otra son *mi definición.* Es probable que ellos estén en lo cierto, pero no es ése el Dios que yo necesito. Yo necesito un Dios con quien dialogar, un Dios en quien pueda buscar amparo, un Dios que me responda cuando lo interrogo, cuando lo ametrallo con mis dudas. Si Dios es la Totalidad, la Gran Coherencia, si Dios es sólo la energía que mantiene vivo el Universo, si es algo tan inconmensurablemente infinito, ¿qué puede importarle de mí, un átomo malamente encaramado a un insignificante piojo de su Reino? No me importa ser un átomo del último piojo de su Reino, pero me importa que Dios esté a mi alcance, me importa asirlo, no con mis manos, claro, ni siquiera con mi razonamiento. Me importa asirlo con mi corazón.

Domingo 25 de agosto

Me trajo fotos de su infancia, de su familia, de su mundo. Es una prueba de amor, ¿verdad que sí? Fue una criatura delgadita, de ojos algo espantados, de pelo oscuro y lacio. Hija única. Yo también fui hijo único. Y no es fácil, uno acaba por sentirse desamparado. Hay una foto deliciosa en que aparece con un enorme perro policía, y el animal la mira con aire de protección. Me imagino que siempre todo el mundo habrá tenido ganas de protegerla. Sin embargo, no es tan indefensa, está bastante segura de lo que quiere. Además, me gusta que esté segura. Está segura de que el trabajo la asfixia, de que nunca se suicidará, de que el marxismo es un grave error, de que yo le gusto, de que la muerte no es el fin de todo, de que sus padres son magníficos, de que Dios existe, de que la gente en que confía no habrá de fallarle jamás. Yo no podría ser así de categórico. Pero lo mejor de todo es que ella no se equivoca. Su seguridad le sirve incluso para amedrentar al destino. Hay una foto en que está con sus padres, cuando tenía doce años. A partir de esa imagen yo también me animo a construir mi impresión de ese matrimonio singular, armónico, diferente. Ella es una mujer de rasgos suaves, nariz fina, pelo negro y piel muy clara, con dos lunares en la mejilla izquierda. Los ojos son serenos, quizá demasiado; tal vez no sirvan para comprometerse totalmente en el espectáculo a que asisten, en lo que ven vivir, pero me parecen capaces de comprenderlo todo. El es un hombre alto, de hombros más bien estrechos, con una calvicie que ya en ese entonces había hecho estragos, unos labios muy delgados y un mentón muy afilado pero nada agresivo. Me preocupan mucho los ojos de la gente. Los suyos tienen algo de desequilibrio. No por cierto de enajenación, sino de ajenidad. Son los ojos de un tipo que está sorprendido por el mundo, por el mero hecho de encontrarse en él. Ambos son (se les ve en la cara) buenas personas, pero me gusta más la bondad de ella que la de él. El padre es un hombre excelente, pero no es capaz de comunicarse con el mundo, de modo que no se puede saber qué iría a suceder el día en que llegara a establecerse esa comunicación. «Se quieren, de eso estoy segura», dice Avellaneda, «pero no sé si ése es el modo de quererse que a mí me gusta». Sacude la cabeza para acompañar la duda, luego se anima a agregar: «Relacionadas con los sentimientos hay una serie de zonas vecinas, afines, fáciles de confundir. El amor, la confianza, la piedad, la camaradería, la ternura; yo no sé nunca en cuál de esas zonas tienen lugar las relaciones de papá y mamá. Es algo muy difícil de definir y no creo que ellos mismos lo hayan definido. En alguna ocasión he rozado el tema en conversaciones con mamá. Ella cree que hay demasiada serenidad en su unión con mi padre, demasiado equilibrio como para que exista efectivamente amor. Esa serenidad, ese equilibrio, a los que también puede llamarse falta de pasión, habrían sido quizá insoportables si ellos hubieran tenido algo que reprocharse. Pero no hay reproches ni motivos de reproches. Se saben buenos, honestos, generosos. Saben también que todo eso, aun siendo tan magnífico como es, no significa todavía el amor, ni significa que se quemen en ese fuego. No se queman, y eso que los une dura más aún.» «¿Y qué pasa contigo y conmigo? ¿Nos estamos quemando?», pregunté, pero en ese preciso instante estaba distraída, y su mirada también parecía la de alguien sorprendido por el mundo, por el mero hecho de encontrarse en él.

Lunes 26 de agosto

Se lo dije a Esteban. Blanca había ido a almorzar con Diego, así que estábamos solos al mediodía. Fue un gran alivio enterarme de que ya lo sabía. Jaime lo había enterado. «Mirá, papá, yo no lo puedo comprender totalmente ni creo que sea la mejor solución que te hayas unido a una muchacha tantos años menor que vos. Pero una cosa es cierta: no me atrevo a juzgarte. Sé que cuando uno ve las cosas desde fuera, cuando uno no se siente complicado en ellas, es muy fácil proclamar qué es lo malo y qué es lo bueno. Pero cuando uno está metido hasta el pescuezo en el problema (y yo he estado muchas veces así), las cosas cambian, la intensidad es otra, aparecen hondas convicciones, inevitables sacrificios y renunciamientos que pueden parecer inexplicables para el que sólo observa. Ojalá que lo pases bien, no superficialmente bien, sino bien de veras. Ojalá te sientas a la vez protector y protegido, que es una de las más agradables sensaciones que puede permitirse el ser humano. Yo me acuerdo muy poco de mamá. En realidad, es una imagen verdadera a la que se le han superpuesto las imágenes y los recuerdos de los demás. Ya no sé cuál de esos recuerdos es exclusivamente mío. Uno solo quizá: ella peinándose en el dormitorio, con su largo y oscuro pelo cayéndole en la espalda. Ya ves que no es mucho lo que recuerdo de mamá. Pero con los años he ido habituándome a considerarla algo ideal, inalcanzable, casi etéreo. Era tan linda. ¿Verdad que sí? Comprendo que a lo mejor esa representación mía tiene poco que ver con lo que verdaderamente fue mamá. Sin embargo, es así como ella existe para mí. Por eso me chocó un poco cuando él me dijo que andabas con una muchacha. Me chocó pero lo admito, porque sé que estabas muy solo. Y más me doy cuenta ahora, porque he seguido tu proceso y te he visto revivir. Así que no te juzgo, no puedo juzgarte; más aún, me gustaría mucho que hubieras acertado y te acercaras lo más posible a la buena suerte.»

Martes 27 de agosto

Frío y sol. Sol de invierno, que es el más afectuoso, el más benévolo. Fui hasta la Plaza Matriz y me senté en un banco, después de abrir un diario sobre la caca de las palomas. Frente a mí, un obrero municipal limpiaba el césped. Lo hacía con parsimonia, como si estuviera por encima de todos los impulsos. ¿Cómo me sentiría yo si fuera un obrero municipal limpiando el césped? No, ésa no es mi vocación. Si yo pudiera elegir otra profesión que la que tengo, otra rutina que la que me ha gastado durante treinta años, en ese caso yo elegiría ser mozo de café. Y sería un mozo activo, memorioso, ejemplar. Buscaría asideros mentales para no olvidarme de los pedidos de todos. Debe ser magnífico trabajar siempre con caras nuevas, hablar libremente con un tipo que hoy llega, pide un café, y nunca más volverá por aquí. La gente es formidable, entretenida, potencial. Debe ser fabuloso trabajar con la gente en vez de trabajar con números, con libros, con planillas. Aunque yo viajara, aunque me fuera de aquí y tuviera oportunidad de sorprenderme con paisajes, monumentos, caminos, obras de arte, nada me fascinaría tanto como la Gente, como ver pasar a la Gente y escudriñar sus rostros, reconocer aquí y allá gestos de felicidad y de amargura, ver cómo se precipitan hacia sus destinos, en insaciada turbulencia, con espléndido apuro, y darme cuenta de cómo avanzan, inconscientes de su brevedad, de su insignificancia, de su vida sin reservas, sin sentirse jamás acorralados, sin admitir que están acorralados. Creo que nunca, hasta ahora, había sido consciente de la presencia de la Plaza Matriz. Debo haberla cruzado mil veces, quizá maldije en otras tantas ocasiones el desvío que hay que hacer para rodear la fuente. La he visto antes, claro que la he visto, pero no me había detenido a observarla, a sentirla, a extraer su carácter y reconocerlo. Estuve un buen rato contemplando el alma agresivamente sólida del Cabildo, el rostro hipócritamente lavado de la Catedral, el desalentado cabeceo de los árboles. Creo que en ese momento se me afirmó definitivamente una convicción: soy de este sitio, de esta ciudad. En esto (es probable que en nada más) creo que debo ser un fatalista. Cada uno ES de un solo sitio en la tierra y allí debe pagar su cuota. Yo soy de aquí. Aquí pago mi cuota. Ese que pasa (el de sobretodo largo, la oreja salida, la renquera rabiosa), ése es mi semejante. Todavía ignora que yo existo, pero un día me verá de frente, de perfil o de espaldas, y tendrá la sensación de que entre nosotros hay algo secreto, un recóndito lazo que nos une, que nos da fuerzas para entendernos. O quizá no llegue nunca ese día, quizá él no se fije nunca en esta plaza, en este aire que nos hace prójimos, que nos empareja, que nos comunica. Pero no importa; de todos modos, es mi semejante.

Miércoles 28 de agosto

Sólo me quedan cuatro días de licencia. No echo de menos la oficina. Echo de menos a Avellaneda. Hoy fui al cine, solo. Vi una de *cowboys*. Hasta la mitad, me entretuve; a partir de allí, me aburrí de mí mismo, de mi propia paciencia.

Jueves 29 de agosto

Le pedí a Avellaneda que faltara a la oficina. Yo, su jefe, le autoricé y basta. Se quedó todo el día conmigo en el apartamento. Me imagino la bronca de Muñoz, con dos tipos menos en la sección y toda la responsabilidad sobre sus hombros. No sólo la imagino sino que la comprendo. Pero no importa. Estoy en una edad en que el tiempo parece y es irrecuperable. Tengo que asirme desesperadamente a esta razonable dicha que vino a buscarme y que me encontró. Por eso es que no puedo volverme magnánimo, generoso, no puedo ponerme a pensar en las preocupaciones de Muñoz antes que en las mías. La vida se va, se está yendo ahora mismo, y yo no puedo soportar esa sensación de escape, de acabamiento, de final. Este día con Avellaneda no es la eternidad, es sólo un día, un pobre, indigno, limitado día, al que todos, desde Dios para abajo, hemos condenado. No es la eternidad pero es el instante, que, después de todo, es su único sucedáneo verdadero. Así que tengo que apretar el puño, tengo que gastar esta plenitud sin ninguna reserva, sin previsión alguna. Quizá después venga el ocio definitivo, el ocio asegurado, quizá haya después muchos días como éste, y piense entonces en este apuro, en esta impaciencia, como en un ridículo agotamiento. Quizá, sólo quizá. Pero este Mientras Tanto tiene el alivio, la garantía de lo que es, de lo que está siendo.

Hacía frío. Avellaneda estuvo todo el día de buzo y pantalones. Así, con el pelo recogido, parecía un muchacho. Le dije que tenía cara de diariero. Pero no me prestó demasiada atención. Estaba preocupada con su horóscopo. Hace un año alguien le hizo su horóscopo y le predijo el futuro. Al parecer, en ese futuro figuraba su actual empleo, y, sobre todo, figuraba yo. «Hombre maduro, de mucha bondad, algo apagado pero inteligente.» ¿Qué tal? Ese soy yo. «¿Vos qué pensás? ¿Se podrá así nomás, predecir el futuro?» «Yo no sé si se podrá, pero de cualquier manera me parece una trampa. Yo no quiero saber qué me va a pasar. Sería horrible. ¿Te imaginás qué vida espantosa si uno supiera cuándo se va a morir?» «A mí me gustaría saber cuándo voy a morirme. Si fuera posible conocer la fecha de la propia muerte, uno podría regular su ritmo de vida, gastarse más o gastarse menos de acuerdo al saldo que le restara.» A mí eso me parecería monstruoso. Pero la predicción dice que Avellaneda tendrá dos o tres hijos, que será feliz, pero quedará viuda (bah), que morirá de una enfermedad circulatoria, allá por sus ochenta. A Avellaneda le preocupan mucho los dos o tres hijos. «¿Vos querés tener?» «No estoy muy seguro.» Ella se da cuenta de que mi respuesta es la prudencia en persona, pero cuando me mira yo sé que ella quisiera tener hijos, por lo menos uno. «No te pongas triste», digo, «si te ponés triste soy capaz de encargar mellizos». Sabe lo que yo pienso, sufre por eso y se aferra al vaticinio. «¿Y no te importa la viudez, aunque sea una viudez clandestina?» «No me importa, porque hasta allí no llega mi fe. Yo sé que sos indestructible, que las predicciones te pasan al lado, sin tocarte.» Nada más que una muchacha trepada sobre el sofá, con las piernas arrolladas, y la punta de la nariz colorada de frío.

Viernes 30 de agosto

Durante la licencia, escribí todos los días. Se me hace cuesta arriba reintegrarme al trabajo. Esta licencia ha sido un buen aperitivo de mi jubilación. Blanca recibió hoy una carta de Jaime, rencorosa, violenta. El párrafo que me dedica, dice así: «Decile al viejo que todos mis amores fueron platónicos, así que, cuando tenga pesadillas en las que aparezca mi inmunda persona, puede darse vuelta y respirar tranquilo. Por ahora.» Es demasiado odio junto para que sea verdadero. Al final voy a pensar que este hijo me quiere un poco.

Sábado 31 de agosto

Avellaneda y Blanca se veían sin que yo lo supiera. A Blanca se le escapó una frasecita reveladora y todo quedó al descubierto. «No queríamos decírtelo, porque estamos aprendiendo mucho sobre vos.» Al principio me pareció una broma miserable, después me conmoví. No tuve más remedio que figurarme a las dos muchachas intercambiando sus respectivas imágenes incompletas acerca de este tipo sencillo que soy yo. Una especie de rompecabezas. Hay curiosidad en esto, claro, pero también hay cariño. Avellaneda, por su parte, se mostró muy culpable, me pidió perdón, dijo por centésima vez que Blanca era estupenda. Me gusta que sean amigas, por mí, a través de mí, a causa de mí, pero no puedo evitar a veces la sensación de estar de más. En realidad, soy un veterano del que se están ocupando dos muchachas.

Domingo 1.º de setiembre

Se acabó la farra. Mañana otra vez a la oficina. Pienso en las planillas de ventas, en la goma de pan, en los libros copiadores, en las libretas de cheques, en la voz del gerente, y el estómago se me revuelve.

Lunes 2 de setiembre

Me recibieron como a un salvador: con todos los problemas sin resolver. Parece que estuvo un inspector y armó tremendo lío sobre una idiotez. Muñoz, el pobre, se ahoga en un vaso de agua. A Santini lo encontré más marica que de costumbre. Me hizo unas monerías bastante escandalosas. ¿Este también será platónico? Se dice que, en vista de mi negativa, traerán un subgerente de otra compañía. Martínez está que brama. Hoy, por primera vez después de la borrasca, vino la Valverde. Mueve el trasero con un entusiasmo digno de mejor causa.

Por primera vez, Avellaneda me habló de su antiguo novio. Se llama Enrique Avalos y trabaja en el Municipio. El noviazgo sólo duró un año. Exactamente, desde abril del año pasado hasta abril de este año. «Es un buen tipo. Todavía le tengo estima, pero...» Me doy cuenta de que siempre temí esta explicación, pero también me doy cuenta de que mi mayor temor era que no llegara. Si ella se atrevía a mencionarlo, era porque el tema ya no importaba tanto. De cualquier modo, todos mis sentidos estuvieron pendientes de ese Pero, que me sonaba a música celestial. Porque el novio había tenido sus ventajas (su edad, su aspecto, el mero hecho de llegar primero) y quizá no las había sabido aprovechar. A partir de ese Pero empezaban las mías y yo sí estaba dispuesto a aprovecharlas, es decir, a socavarle el terreno al pobre Enrique Avalos. La experiencia me ha enseñado que uno de los métodos más eficaces para derrotar a un rival en el vacilante corazón de una mujer, es elogiar sin restricciones a ese mismo rival, es volverse tan comprensivo, tan noble y tolerante, que uno mismo se sienta conmovido. «De veras, todavía le tengo estima, pero estoy segura de que no hubiera podido ser ni medianamente feliz con él.» «Bueno, ¿por qué estás tan segura? ¿No decís que es un buen tipo?» «Claro que es. Pero no alcanza. Ni siquiera puedo achacarle que él sea muy frívolo y yo muy profunda, porque ni yo soy tan profunda como para que me moleste una buena dosis de frivolidad, ni él es tan frívolo como para que no llegue a conmoverlo un sentimiento verdaderamente hondo. Las dificultades eran de otro orden. Creo que el obstáculo más insalvable era que no nos sentíamos capaces de comunicarnos. El me exasperaba; yo lo exasperaba. Posiblemente me quisiera, vaya uno a saberlo, pero lo cierto es que tenía una habilidad especial para herirme.» Qué estupendo. Yo tenía que hacer un gran esfuerzo para que la satisfacción no me inflara los carrillos, para poner la cara preocupada de alguien que en verdad lamentara que todo aquello hubiera acabado en una frustración. Hasta tuve fuerzas para abogar por mi enemigo: «¿Y vos pensaste si no tendrías también tu poco de culpa? A lo mejor, él te hería simplemente porque vos estabas siempre esperando que él te hiriese. Vivir eternamente a la defensiva no es, con toda seguridad, el método más eficaz para mejorar la convivencia.» Entonces ella sonrió y sólo dijo: «Contigo no tengo necesidad de vivir a la defensiva. Me siento feliz.» Eso ya era superior a mis fuerzas de contención y disimulo. La satisfacción se derramó por todos mis poros, mi sonrisa llegó de oreja a oreja, y ya no me importó dedicarme a arruinar para siempre los prestigios aún sobrevivientes del pobre Enrique, un maravilloso derrotado.

Miércoles 4 de setiembre

Muñoz, Robledo, Méndez, me hablaron con insistencia de Avellaneda, de lo bien que había trabajado durante mi licencia, de lo buena compañera que había demostrado ser. ¿Qué pasa? ¿Cómo se habrá comportado Avellaneda en estos días para que esos insensibles se muestren emocionados? Hasta el gerente me llamó y, entre otros asuntos, me dejó caer esta frase distraída: «¿Qué tal esa muchacha que tiene en su sección? Tengo buenos informes sobre su trabajo.» Formulé un mesurado elogio, en el tono más convencional del mundo. Pero el Cangrejo agregó: «¿Sabe por qué se lo preguntaba? Porque a lo mejor la traigo aquí, como secretaria.» Sonrió mecánicamente, sonreí mecánicamente. Debajo de mi sonrisa, por lo menos, había palabrotas a granel.

Jueves 5 de setiembre

Creo que en esto sentimos igual. Tenemos imperiosa necesidad de decírnoslo todo. Yo hablo con ella como si hablara conmigo mismo; en realidad, mejor aún que si hablara conmigo mismo. Es como si Avellaneda participara de mi alma, como si estuviera acurrucada en un rincón de mi alma, esperando mi confidencia, reclamando mi sinceridad. Ella, por su parte, también me lo dice todo. En otro momento, sé que hubiera anotado: «Por lo menos, así lo creo», pero ahora no puedo, sencillamente porque no sería cierto. Ahora sé que ella me lo dice todo.

Viernes 6 de setiembre

Lo vi a Vignale en la confitería, muy escondido en una mesita del fondo, con una chiquilina bastante vistosa. Me saludó con un gran ademán, como para confirmarme que se ha lanzado a la aventura en gran escala. Así, desde lejos, la pareja me daba un poco de lástima. De pronto me encontré pensando: «¿Y yo?» Claro que Vignale es un tipo grosero, ampuloso, guarango... Pero ¿y yo? ¿Cómo seré yo para quien mire desde lejos? Salgo muy poco con Avellaneda. Nuestra vida transcurre en la oficina y en el apartamento. Me temo que mi resistencia a salir con ella se apoye más que nada en un vigilado temor a quedar mal. No, no puede ser. En un momento en que Vignale estaba hablando con el mozo, la muchacha le lanzó una mirada dura, de desprecio. Avellaneda no podría mirarme así.

Sábado 7 de setiembre

Me citó el amigo de Esteban. Es prácticamente seguro que mi jubilación esté pronta para dentro de cuatro meses. Es curioso: cuanto más me acerco al descanso, más insoportable me resulta la oficina. Sé que me restan sólo cuatro meses de asientos, de contrasientos, balancetes, cuentas de orden, declaraciones juradas. Pero daría un año de vida por que esos cuatro meses se redujeran a cero. Bueno, pensándolo mejor, no daría un año de vida, porque ahora mi vida tiene a Avellaneda.

Domingo 8 de setiembre

Esta tarde hicimos el amor. Lo hemos hecho tantas veces y sin embargo no lo he registrado. Pero hoy fue algo maravilloso. Nunca en mi vida, ni con Isabel ni con nadie, me sentí tan cerca de la gloria. A veces pienso que Avellaneda es como una horma que se ha instalado en mi pecho y lo está agrandando, lo está poniendo en condiciones adecuadas para sentir cada día más. Lo cierto es que yo ignoraba que tenía en mí esas reservas de ternura. Y no me importa que ésta sea una palabra sin prestigio. Tengo ternura y me siento orgulloso de tenerla. Hasta el deseo se vuelve puro, hasta el acto más definitivamente consagrado al sexo se vuelve casi inmaculado. Pero esa pureza no es mojigatería, no es afectación, no es pretender que sólo apunto al alma. Esa pureza es querer cada centímetro de su piel, es aspirar su olor, es recorrer su vientre, poro a poro. Es llevar el deseo hasta la cumbre.

Lunes 9 de setiembre

En la sección Ventas le han preparado una trampa sangrienta a un tal Menéndez, un muchacho ingenuo, supersticioso, tremendamente cabulero, que entró en la empresa formando parte de la misma tanda que Santini, Sierra y Avellaneda. Resulta que Menéndez se compró un entero para la lotería de mañana. Dijo que esta vez no lo iba a mostrar a nadie, porque tenía la corazonada de que, si no lo mostraba, el número iba a salir con la grande. Pero esta tarde vino el cobrador de Peñarol, y Menéndez, al abrir la billetera para pagarle, dejó por unos segundos el número sobre el mostrador. El no se dio cuenta, pero Rosas, un cretino en permanente estado de alerta, anotó mentalmente el número y de inmediato hizo un repartido verbal. La broma que han preparado para mañana es la siguiente: se combinaron con el lotero de enfrente para que, a determinada hora, anote en el pizarrón el número 15.301 en el lugar del primer premio. Sólo por unos minutos, después lo borrará. Al lotero le gustó tanto la concepción del chiste, que, contra lo previsto, accedió a colaborar.

Martes 10 de setiembre

Fue tremendo. A las tres menos cuarto, llegó Gaizolo de la calle y dijo en voz alta: «Puta qué bronca. Le estuve jugando a la cifra uno hasta el sábado pasado, y justo sale hoy.» Desde el fondo llegó la primera pregunta prevista: «¿Así que terminó en uno? ¿Te acordás de las dos cifras?» «Cero uno», fue la respuesta de mal talante. Entonces Peña saltó desde su escritorio: «Che, yo le jugué al 301» y agregó en seguida, dirigiéndose a Menéndez, que trabaja frente al ventanal: «Dale, Menéndez, fijate en el pizarrón. Si

salió el 301, me forré de veras.» Parece que Menéndez
dio vuelta la cabeza con toda parsimonia, en la actitud del tipo que todavía se está frenando para no hacerse ilusiones. Vio las grandes y claras cifras del
15.301 y quedó por un momento paralizado. Creo que
en ese instante habrá pesado todas las posibilidades
y también habrá desechado toda posible trampa. Nadie, sino él, conocía el número. Pero el itinerario de
la broma terminaba allí. El plan establecía que, en ese
momento, todos vendrían en equipo a tomarle el pelo.
Pero nadie había previsto que Menéndez pegara un
salto y saliera corriendo hacia el fondo. La versión
de algún testigo es que entró sin golpear en el despacho del gerente (que en ese momento atendía a un re-
presentante de una firma americana), prácticamente se
le tiró encima y antes de que el otro pudiera encauzar
su propio asombro, ya le había dado un sonoro beso
en la pelada. Yo, que me di cuenta tarde de este último giro, penetré tras él en el despacho, lo tomé de
un brazo y lo saqué a la fuerza. Allí, entre las cajas
de pernos y pistones, mientras él se sacudía en unas
carcajadas eléctricas que nunca podré olvidar, le dije
casi a los gritos la verdad verdadera. Me sentí horrible
haciendo eso, pero no había más remedio. Nunca vi
desmoronarse a un hombre de esa manera irremediable y repentina. Se le doblaron las piernas, abrió la
boca sin poderla cerrar, y después, sólo después, se
tapó los ojos con la mano derecha. Lo senté en una
silla y entré en el despacho del gerente a explicarle
el episodio, pero el cretino no podía tolerar que el re-
presentante americano hubiera presenciado su humillación: «No se fatigue explicándome una historia increíble. Ese imbécil está despedido.»

Eso es lo horrible: está efectivamente despedido, y además amargado para siempre. Esos cinco minutos de frenética ilusión van a ser imborrables. Cuan-

do los otros supieron la noticia, fueron en delegación a la gerencia, pero el Cangrejo es inflexible. Debe ser el día más triste, más grosero, más deprimente de todos los muchos años que he pasado en la oficina. Sin embargo, a última hora, la cofradía de los crueles tuvo un gesto: en tanto que Menéndez no encuentre otro empleo, el personal decidió contribuir con un pequeño porcentaje hasta formar su sueldo y entregárselo. Pero hubo un obstáculo: Menéndez no acepta el regalo o la reparación o como quiera llamársele. Tampoco quiere hablar con nadie de la oficina. Pobre tipo. Yo mismo me estoy reprochando por no haberlo puesto sobre aviso desde ayer. Pero nadie podía imaginarse que su reacción fuera tan fulminante.

Miércoles 11 de setiembre

Pasado mañana es mi cumpleaños, pero ella igual me mostró sus regalos. Primero me dio el reloj de oro. Pobrecita. Debe haber consumido íntegramente sus ahorros. Después, con un poco de vergüenza, abrió una cajita y me mostró el otro obsequio: un caracolito alargado, de líneas perfectas: «Lo recogí en La Paloma, el día en que cumplí nueve años. Vino una ola y lo dejó a mis pies, como una atención del mar. Creo que fue el momento más feliz de mi infancia. Por lo menos, es el objeto material que más quiero, que más admiro. Quiero que lo tengas, que lo lleves contigo. ¿Te parece ridículo?»

Ahora está en la palma de mi mano. Vamos a ser buenos amigos.

Jueves 12 de setiembre

Diego es un preocupado y, merced a su influencia, Blanca se está convirtiendo en otra preocupada.

Esta noche hablé largamente con ambos. Su preocupación es el país, su propia generación, y, en el fondo de ambas abstracciones, su preocupación se llama Ellos Mismos. Diego quiere hacer algo rebelde, positivo, estimulante, renovador; no sabe bien qué. Hasta ahora lo que siente con la máxima intensidad es un inconformismo agresivo, en el cual falta todavía un poco de coherencia. Le parece funesta la apatía de nuestra gente, su carencia de impulso social, su democrática tolerancia hacia el fraude, su reacción guaranga e inocua ante la mistificación. Le parece espantoso, por ejemplo, que exista un matutino con diecisiete editorialistas que escriben como un *hobby*, diecisiete rentistas que desde un *bungalow* de Punta del Este claman contra la horrible plaga del descanso, diecisiete pitucos que usan toda su inteligencia, toda su lucidez, para henchir de habilidosa convicción un tema en que no creen, una diatriba que en el fondo de sí mismos consideran injusta. Le subleva que las izquierdas sobrelleven, sin disimularlo mucho, un fondo de aburguesado acomodo, de rígidos ideales, de módico camanduleo. «¿Usted ve alguna salida?», pregunta y vuelve a preguntar, con franca, provocativa ansiedad. «Lo que es yo, por mi parte, no la veo. Hay gente que entiende lo que está pasando, que cree que es absurdo lo que está pasando, pero se limitan a lamentarlo. Falta pasión, ése es el secreto de este gran globo democrático en que nos hemos convertido. Durante varios lustros hemos sido serenos, objetivos, pero la objetividad es inofensiva, no sirve para cambiar el mundo, ni siquiera para cambiar un país de bolsillo como éste. Hace falta pasión, y pasión gritada, o pensada a los gritos, o escrita a los gritos. Hay que gritarle en el oído a la gente, ya que su aparente sordera es una especie de autodefensa, de cobarde y malsana autodefensa. Hay que lograr que se despierte en los demás la vergüenza de sí mismos, que se sustituya en ellos la autodefensa por el autoasco. El día en que el uruguayo sienta asco de su propia pasividad, ese día se convertirá en algo útil.»

Viernes 13 de setiembre

Hoy cumplo cincuenta años. Es decir, a partir de este día estoy en condiciones de jubilarme. Una fecha que parece sentenciada para hacer balance. Pero yo he estado haciendo balance todo el año. Me revientan los aniversarios, las alegrías y las penas a plazo fijo. Me parece deprimente, por ejemplo, que el 2 de noviembre debamos llorar a coro por nuestros muertos, que el 25 de agosto nos emocionemos a la simple vista de la bandera nacional. Se es o no se es, no importa el día.

Sábado 14 de setiembre

Sin embargo, la fecha de ayer no pasó en vano. Hoy, en varios momentos del día, pensé: «Cincuenta años», y se me fue el alma a los pies. Estuve frente al espejo y no pude evitar un poco de piedad, un poco de conmiseración hacia ese tipo arrugado, de ojos con fatiga, que nunca llegó ni llegará a nada. Lo más trágico no es ser mediocre pero inconsciente de esa mediocridad; lo más trágico es ser mediocre y saber que se es así y no conformarse con ese destino que, por otra parte (eso es lo peor), es de estricta justicia. Entonces, cuando estaba mirándome al espejo, apareció sobre mi hombro la cabeza de Avellaneda. Al tipo arrugado, que nunca llegó ni llegará a nada, se le encendieron los ojos, y por dos horas y media se olvidó de que había cumplido cincuenta años.

Domingo 15 de setiembre

Ella se ríe. Yo le pregunto: «¿Te das cuenta de lo que significan cincuenta años?», y ella se ríe. Pero quizá en el fondo se dé cuenta de todo y vaya depositando muy diversas cosas en los platillos de la balanza. Sin embargo, es buena y no me dice nada. No menciona que llegará un instante inevitable en que yo la miraré sin sexo, en que su mano en mi mano no será un choque eléctrico, en que yo conservaré por ella el suave cariño que se tiene por las sobrinas, por las hijas de los amigos, por las más remotas actrices de cine, un cariño que es una suerte de decoración mental pero que no puede herir ni ser herido, no puede provocar cicatrices ni apurar el corazón, un cariño manso, apacible, inocuo, que parece un adelanto del monótono amor de Dios. Entonces la miraré y no podré sentir celos, porque habrá pasado la época de las tormentas. Cuando en el cielo despejado de la setentena aparece una nube, ya se sabe que es la nube de la muerte. Esta debe ser la frase más cursi, más ridícula, que he dejado caer en la libreta. La más verdadera, quizá. ¿Por qué será que lo verdadero es siempre un poco cursi? Los pensamientos sirven para edificar lo digno sin excusa, lo estoico sin claudicación, el equilibrio sin reservas, pero las excusas, las claudicaciones, las reservas, están agazapadas en la realidad, y cuando allí llegamos, nos desarman, nos aflojan. Cuanto más dignos sean los propósitos a cumplir, más ridículos parecen los propósitos incumplidos. La miraré y no podré sentir celos de nadie; sólo celos de mí mismo, celos de este individuo de hoy que siente celos de todos. Salí con Avellaneda y mis cincuenta años, la paseé y los paseé a lo largo de Dieciocho. Quise que me vieran con ella. Creo que no me crucé con nadie de la oficina. Pero en cambio me vieron la mujer de Vignale, un amigo de Jaime, dos parientes de ella. Además (¡qué horrible además!) en Dieciocho y Yaguarón me crucé con la madre de Isabel. Es increíble: han pasado años y años por mi rostro y por el suyo, y sin embargo, cuando la veo, el corazón me sigue dando un vuelco; en realidad, algo más que un vuelco, un brinco de rabia e impotencia. Una mujer invencible, tan admirablemente invencible que uno no puede menos que sacarse el sombrero. Saludó, con la misma agresiva reticencia de veinte años atrás, y después envolvió literalmente a Avellaneda de una larga ojeada, que era a la vez diagnóstico y desahucio. Avellaneda percibió la sacudida, me apretó el brazo y preguntó quién era. «Mi suegra», dije. Y es cierto: mi primera y única suegra. Porque aun en el caso de que yo me casara con Avellaneda, aun en el caso de que yo nunca hubiera sido el marido de Isabel, esta altísima, potente, decisiva matrona de setenta años, habría sido siempre y hasta siempre mi Suegra Universal, inevitable, destinada, mi Suegra que procede directamente de ese Dios de terror que ojalá no exista, aunque más no sea que para recordarme que el mundo es eso, que el mundo también se detiene a veces a contemplarnos, con una mirada que también puede llegar a ser diagnóstico y desahucio.

Lunes 16 de setiembre

Salimos de la oficina casi juntos, pero ella no quiso ir al apartamento. Está resfriada. Así que fuimos a la farmacia y le compré un jarabe expectorante. Después tomamos un taxi y la dejé a dos cuadras de su casa. No quiere correr el riesgo de que el padre se entere. Caminó unos pocos pasos, se dio vuelta y me hizo un alegre saludo con la mano. En el fondo, nada de eso es demasiado importante. Pero en el gesto había familiaridad, había sencillez. Y en ese instante me sentí cómodo, estuve seguro de que entre ella y yo existe una comunicación, desvalida quizá, pero tranquilamente cierta.

Martes 17 de setiembre

Avellaneda no vino a la oficina.

Miércoles 18 de setiembre

Santini volvió a la confidencia. Es repugnante y a la vez divertido. Dice que la hermana ya no va a bailarle desnuda. Tiene novio.

Avellaneda tampoco vino hoy. Parece que la madre llamó por teléfono cuando yo no estaba, así que habló con Muñoz. Dice que la hija tiene gripe.

Jueves 19 de setiembre

Hoy sí empecé a extrañarla. En la sección estuvieron hablando de ella, y de pronto me resultó insoportable que no hubiese venido.

Viernes 20 de setiembre

Tampoco hoy vino Avellaneda. Esta tarde estuve en el apartamento y en cinco minutos se me aclaró todo. En cinco minutos desaparecieron todos los escrúpulos: voy a casarme. Más que todos los argumentos que yo mismo me había venido haciendo, más que todas las conversaciones con ella, más que todo eso lo que vale es esta ausencia. Qué acostumbrado estoy a ella, a su presencia.

Sábado 21 de setiembre

Se lo confesé a Blanca y la dejé feliz. Tengo que decírselo a Avellaneda, tengo que decírselo porque ahora sí encontré toda la fuerza, toda la convicción. Pero hoy tampoco vino.

Domingo 22 de setiembre

¿No podría enviarme un telegrama? Me ha prohibido que vaya a su casa, pero si mañana lunes no aparece, descubriré de todos modos algún pretexto para visitarla.

Lunes 23 de setiembre

Dios mío. Dios mío. Dios mío. Dios mío. Dios mío. Dios mío. Dios mío.

Viernes 17 de enero

Hace casi cuatro meses que no anoto nada. El 23 de setiembre no tuve valor para escribirlo.

El 23 de setiembre, a las tres de la tarde, sonó el teléfono. Rodeado de empleados, formularios, consultas, levanté el tubo. Una voz de hombre dijo: «¿El señor Santomé? Mire, está hablando con un tío de Laura. Una mala noticia, señor. Verdaderamente una mala noticia. Laura falleció esta mañana.»

En el primer momento no quise entender. Laura no era nadie, no era Avellaneda. «Falleció», dijo la voz del tío. La palabra es un asco. *Falleció* significa un trámite: «Una mala noticia, señor», había dicho el tío. ¿El, qué sabe? ¿Qué sabe cómo una mala noticia puede destruir el futuro y el rostro y el tacto y el sueño? ¿Qué sabe, eh? Lo único que sabe es decir: «Falleció», algo tan insoportablemente fácil como eso. Seguramente se estaba encogiendo de hombros. Y eso también era un asco. Fue por eso que cometí algo tan horrible. Con la mano izquierda hice una pelota con una planilla de ventas, con la derecha acerqué el tubo a mi boca y dije lentamente: «¿Por qué no se va a la mierda?» No recuerdo bien. Me parece que la voz preguntó varias veces: «¿Cómo dijo, señor?», pero yo también dije varias veces: «¿Por qué no se va a la mierda?» Entonces me quitaron el teléfono y hablaron con el tío. Creo que grité, resoplé, dije tonterías. Apenas si podía respirar. Sentí que me desabrochaban el cuello, que me aflojaban la corbata. Hubo una voz desconocida que dijo: «Ha sido un choque emocional», y otra voz, ésta sí conocida, la de Muñoz, que se puso a explicar: «Era una empleada que él apreciaba mucho.» En esa nebulosa de sonidos, había también sollozos de Santini, una chabacanísima explicación de Robledo sobre el misterio de la muerte, y las rituales instrucciones del gerente para que se enviara una corona. Al fin, entre Sierra y Muñoz consiguieron meterme en un taxi y me trajeron a casa.

Blanca abrió la puerta, asustadísima, pero Muñoz en seguida la tranquilizó: «No se preocupe, señorita, su papá está perfectamente. ¿Sabe lo que pasó?

Falleció una compañera y él se impresionó mucho.
Y con razón porque era una chica macanuda.» El también dijo: «Falleció.» Bueno, quizá el tío, Muñoz y los
otros, hagan bien en decir «falleció», porque eso suena
tan ridículo, tan frío, tan lejos de Avellaneda, que no
puede herirla, no puede destruirla.

Entonces, cuando estuve en casa, solo en mi
cuarto, cuando hasta la pobre Blanca me retiró el consuelo de su silencio, moví los labios para decir: «Murió. Avellaneda murió», porque *murió* es la palabra,
murió es el derrumbe de la vida, *murió* viene de adentro, trae la verdadera respiración del dolor, *murió* es
la desesperación, la nada frígida y total, el abismo sencillo, el abismo. Entonces, cuando moví los labios para
decir: «Murió», entonces vi mi inmunda soledad, eso
que había quedado de mí, que era bien poco. Con
todo el egoísmo de que disponía, pensé en mí mismo,
en el remendado ansioso que ahora pasaba a ser. Pero
ésa era, a la vez, la forma más generosa de pensar en
ella, la más total de imaginarla a ella. Porque hasta
el 23 de setiembre, a las tres de la tarde, yo tenía
mucho más de Avellaneda que de mí. Ella había empezado a entrar en mí, a convertirse en mí, como un
río que se mezcla demasiado con el mar y al fin se
vuelve salado como el mar. Por eso, cuando movía los
labios y decía: «Murió», me sentía atravesado, despojado, vacío, sin mérito. Alguien había venido y había
decretado: «Despójenlo a este tipo de cuatro quintas
partes de su ser.» Y me habían despojado. Lo peor
de todo es que ese saldo que ahora soy, esa quinta parte de mí mismo en que me he convertido, sigue teniendo conciencia, sin embargo, de su poquedad, de
su insignificancia. Me ha quedado una quinta parte
de mis buenos propósitos, de mis buenos proyectos, de
mis buenas intenciones, pero la quinta parte que me
ha quedado de mi lucidez, alcanza para darme cuenta

de que eso no sirve. La cosa se acabó, sencillamente. No quise ir a su casa, no quise verla muerta, porque era una indecorosa desventaja. Que yo la viera y ella no. Que yo la tocara y ella no. Que yo viviera y ella no. Ella es otra cosa, es el último día, allí puedo tratarla de igual a igual. Es ella bajándose del taxi, con el remedio que yo le había comprado, es ella caminando unos pasos y dándose vuelta para dedicarme un gesto. El último, el último, el último gesto. Lloro y me aferro a él. Aquel día escribí que en ese instante tuve la seguridad de que entre ella y yo existía una comunicación. Pero la seguridad existía mientras ella existía. Ahora mis labios se mueven para decir: «Murió. Avellaneda murió», y la seguridad está extenuada, la seguridad es una cosa impúdica, indecorosa, que nada tiene que hacer aquí. Volví a la oficina, claro, a que los comentarios me atravesaran, me pudrieran, me hartaran. «Me dijo la prima que era una gripe vulgar y silvestre, y de repente ¡páfate! le falló el corazón.» Me integré otra vez en el trabajo, resolví asuntos, evacué consultas, redacté informes. Soy verdaderamente un funcionario ejemplar. A veces se me acercan Muñoz o Robledo o el mismo Santini, y tratan de iniciar una charla evocativa con prolegómenos de este tipo: «Pensar que este trabajo lo hacía Avellaneda», «Mire, jefe, esta anotación es de Avellaneda.» Yo entonces desvío los ojos y digo: «Bueno, está bien, hay que seguir viviendo.» Los puntos que gané el 23 de setiembre, los he perdido con creces. Sé que murmuran que soy un egoísta, un indiferente, que la desgracia ajena no me roza. No importa que murmuren. Ellos están fuera. Fuera de ese mundo en que estuvimos Avellaneda y yo. Fuera de ese mundo en que ahora estoy yo, solo como un héroe, pero sin ninguna razón para sentir coraje.

Miércoles 22 de enero

A veces hablo de ella con Blanca. No lloro, no me desespero; hablo simplemente. Sé que allí hay un eco. Es Blanca la que llora, la que se desespera. Dice que no puede creer en Dios. Que Dios me ha ido dando y quitando las oportunidades, y que ella no se siente con fuerzas como para creer en un Dios de crueldad, en un sádico omnímodo. Sin embargo, yo no me siento tan lleno de rencor. El 23 de setiembre no sólo escribí varias veces: «Dios mío.» También lo pronuncié, también lo sentí. Por primera vez en mi vida, sentí que podía dialogar con El. Pero en el diálogo Dios tuvo una parte floja, vacilante, como si no estuviera muy seguro de sí. Tal vez yo haya estado a punto de conmoverlo. Tuve la sensación, además, de que había un argumento decisivo, un argumento que estaba junto a mí, frente a mí, y que, pese a ello, yo no podía reconocer, no podía incorporar a mi alegato. Entonces, pasado ese plazo que El me otorgó para que yo lo convenciera, pasado ese amago de vacilación y apocamiento, Dios recuperó finalmente sus fuerzas. Dios volvió a ser la todopoderosa Negación de siempre. Sin embargo, no puedo tenerle rencor, no puedo manosearlo con mi odio. Sé que me dio la oportunidad y que no supe aprovecharla. Quizá algún día pueda asir ese argumento único, decisivo, pero para ese entonces yo ya estaré atrozmente ajado y este presente más ajado aún. A veces pienso que si Dios jugara limpio, también me habría dado el argumento que debía usar contra él. Pero no. No puede ser. No quiero un Dios que me mantenga, que no se decida a confiarme la llave para volver, tarde o temprano, a mi conciencia; no quiero un Dios que me brinde todo hecho, como podría hacer uno de esos prósperos padres de la Rambla, podridos en plata, con su hijito pituco e inservible. Eso sí que no. Ahora las relaciones entre Dios y yo se han enfriado. El sabe que no soy capaz de convencerlo. Yo sé que El es una lejana soledad, a la que no tuve ni tendré nunca acceso. Así estamos, cada uno en su orilla, sin odiarnos, sin amarnos, ajenos.

Viernes 24 de enero

Hoy, a través de todo el día, mientras desayunaba, mientras trabajaba, mientras almorzaba, mientras discutía con Muñoz, estuve ofuscado por una sola idea, desgajada a su vez en varias dudas: «¿Qué pensó ella antes de morir? ¿Qué representé para ella en ese instante? ¿Recurrió a mí? ¿Dijo mi nombre?»

Domingo 26 de enero

Por primera vez releí mi Diario, de febrero a enero. Tengo que buscar todos Sus Momentos. Ella apareció el 27 de febrero. El 12 de marzo anoté: «Cuando dice señor, siempre pestañea. No es una preciosura. Bueno, sonríe pasablemente. Algo es algo.» Yo escribí eso, yo pensé alguna vez eso de ella. El 10 de abril: «Avellaneda tiene algo que me atrae. Eso es evidente, pero ¿qué es?» Bueno, ¿y qué era? Todavía no lo sé. Me atraían sus ojos, su voz, su cintura, su boca, sus manos, su risa, su cansancio, su timidez, su llanto, su franqueza, su pena, su confianza, su ternura, su sueño, su paso, sus suspiros. Pero ninguno de esos rasgos bastaba para atraerme compulsiva, totalmente. Cada atractivo se apoyaba en otro. Ella me atraía como un todo, como una suma insustituible de atractivos, acaso sustituibles. El 17 de mayo le dije: «Creo que estoy enamorado de usted», y ella había contestado: «Ya lo sabía.» Me sigo diciendo eso, la oigo diciendo eso, y todo este presente se vuelve insoportable. Dos días después: «Lo que estoy buscando denodadamente es un acuerdo, una especie de convenio entre mi amor y su libertad.» Ella había contestado: «Usted me gusta.» Es horrible cómo duelen esas tres palabras. El 7 de junio la besé y a la noche escribí: «Mañana pensaré. Ahora estoy cansado. También podría decir feliz. Pero estoy demasiado alerta como para sentirme totalmente feliz. Alerta ante mí mismo, ante la suerte, ante ese único futuro tangible que se llama mañana. Alerta, es decir: desconfiado.» Sin embargo, ¿de qué me sirvió esa desconfianza? ¿Acaso la aproveché para vivir más intensa, más afanosa, más perentoriamente? No por cierto. Después adquirí cierta seguridad, pensé que todo estaba bien si uno era consciente de querer, y de querer con eco, con repercusión. El 23 de junio me habló de sus padres, de la teoría de la felicidad creada por su madre. Quizá yo debiera reemplazar a mi inexorable Suegra Universal con esta imagen buena, con esta mujer que entiende, que perdona. El 28 tuvo lugar el hecho más importante de mi vida. Yo, nada menos que yo, terminé por rezar: «Que dure», y para presionar a Dios toqué madera sin patas. Pero quedó demostrado que Dios era incorruptible. Todavía el 6 de julio me permití anotar: «De pronto tuve conciencia de que ese momento, de que esa rebanada de cotidianidad, era el grado máximo de bienestar, era la Dicha», pero en seguida yo mismo me di bofetadas de alerta: «Estoy seguro de que la cumbre es un breve segundo, un destello instantáneo, y no hay derecho a prórrogas.» Lo escribí fallutamente, sin embargo; ahora lo sé. Porque en el fondo yo tenía fe en que hubiera prórrogas, en que la cumbre no fuera sólo un punto, sino una larga inacabable meseta. Pero no había derecho a prórrogas, claro que no. Después escribí lo de la palabra «Avellaneda», de todos los significados que tenía. Ahora pienso: «Avellaneda» y la palabra significa: «No está, no estará nunca más.» No puedo.

Martes 28 de enero

En la libreta hay tantas otras cosas, tantos otros rostros: Vignale, Aníbal, mis hijos, Isabel. Nada de eso importa, nada de eso existe. Mientras estuvo Avellaneda comprendí mejor la época de Isabel, comprendí mejor a Isabel misma. Pero ahora ella no está, e Isabel ha desaparecido detrás de un espeso, de un oscuro telón de abatimiento.

Viernes 31 de enero

En la oficina defiendo tenazmente mi vida (mi muerte) esencial, entrañable, profunda. Nadie sabe qué pasa exactamente en mí. Mi colapso del 23 de setiembre fue, para todos, una explicable conmoción y nada más. Ahora ya se habla menos de Avellaneda y yo no saco el tema. Yo la defiendo con mis pocas fuerzas.

Lunes 3 de febrero

Ella me daba la mano y no hacía falta más. Me alcanzaba para sentir que era bien acogido. Más que besarla, más que acostarnos juntos, más que ninguna otra cosa, ella me daba la mano y eso era amor.

Jueves 6 de febrero

Se me ocurrió la otra noche y hoy lo llevé a cabo. A las cinco me escapé de la oficina. Cuando lle-

gué al 368 e hice sonar el timbre, sentí una picazón
en la garganta y empecé a toser.

Se abrió la puerta y yo estaba tosiendo como
un condenado. Era el padre, el mismo padre de las fotos, pero más viejo, más triste, más cansado. Tosí más
fuerte, para sobreponerme definitivamente a la tos, y
conseguí preguntar si él era el sastre. Inclinó la cabeza hacia un costado para responder que sí: «Bueno,
yo quería hacerme un traje.» Me hizo pasar al taller.
«Nunca vayas a hacerte un traje con él», había dicho
Avellaneda, «los hace todos a la medida del mismo
maniquí». Allí estaba —impertérrito, burlón, mutila-
do— el maniquí. Elegí la tela, enumeré algunos detalles, arreglé el precio. Entonces se acercó a la puerta
del fondo y llamó sin gritar: «Rosa.» «Mi madre sabe
lo nuestro», había dicho ella, «mi madre sabe todo lo
mío». Pero Lo Nuestro no incluía mi apellido, mi rostro, mi estatura. Para la madre, Lo Nuestro era Avellaneda y un amante sin nombre. «Mi mujer», presentó
el padre, «el señor ¿cómo dijo que se llamaba?» «Morales», mentí. «Cierto, el señor Morales.» Los ojos de
la madre tenían una tristeza penetrante. «Se va a hacer
un traje.» Ninguno de los dos usaba luto. Había una
amargura liviana, natural. La madre me sonrió. Tuve
que mirar hacia el maniquí, porque era superior a mis
fuerzas soportar esa sonrisa que había sido de Avellaneda. Abrió una libretita y el padre empezó a tomar
mis medidas, a dictar números de dos cifras. «¿Usted
es del barrio? Setenta y cinco.» Dije que más o menos. «Se lo pregunto porque me resultó cara conocida. Cincuenta y cuatro.» «Bueno, vivo en el Centro
pero vengo muy a menudo por acá.» «Ah, con razón.
Setenta y nueve.» Ella anotaba automáticamente, mirando hacia la pared. «El pantalón que caiga sobre el
zapato, ¿verdad? Uno cero siete.» Tengo que volver
el jueves próximo, para la prueba. Había un libro so-

bre la mesa: Blavatsky. El tuvo que irse un momento.
La madre cerró la libretita y me miró. «¿Por qué vino
a hacerse un traje con mi marido? ¿Quién lo recomendó?» «Oh, nadie en especial. Estaba enterado de
que aquí vivía un sastre y nada más.» Sonó tan poco
convincente que me dio vergüenza. Ella me miró otra
vez. «Ahora trabaja poco. Desde que murió mi hija.»
No dijo *falleció*. «Ah, claro. ¿Y hace mucho?» «Casi
cuatro meses.» «Lo siento, señora», dije, y yo, que
lo siento no exactamente como un dolor sino como
una catástrofe, como un derrumbe, como un caos, fui
consciente de la mentira, porque decir: «Lo siento»,
pronunciar ese pésame, tan frívolo, tan tardío, era sencillamente espantoso, era casi lo mismo que decir: «Falleció.» Y era espantoso sobre todo porque se lo decía
a la única persona que podía comprender lo otro, que
podía comprender la verdad.

Jueves 13 de febrero

Era el día de la prueba, pero no estaba el sastre. El señor Avellaneda no estaba. Me lo dijo su
esposa cuando yo ya había entrado. «No pudo espe-
rarlo, pero dejó todo listo para que yo se lo pruebe.»
Fue a la otra habitación y apareció con el saco. Me
queda horrible. Después de todo, era cierto que él
hacía los trajes a la medida del maniquí. De pronto
me di vuelta hacia un costado (en realidad, ella me
fue dando vuelta con la excusa de ir colocando alfileres y hacer marcas de tiza) y quedé frente a una fotografía de Avellaneda que no estaba el jueves pasado.
El golpe fue demasiado repentino, demasiado brutal.
La madre me estaba observando y sus ojos tomaron
buena nota de mi pobre estupor. Entonces depositó
sobre la mesa los alfileres sobrantes y la tiza, y sonrió

tristemente, ya segura, antes de preguntarme: «Usted... ¿es?» Entre la primera y la segunda palabra hubo un espacio en blanco de dos o tres segundos, pero ese silencio bastó para convertir la pregunta en algo transparente. Era obligatorio responder. Y respondí, sin decir palabra; con la cabeza, con los ojos, con todo mi ser dije que sí. La madre de Avellaneda apoyó una mano en mi brazo, en el brazo todavía sin manga que emergía de aquel inhábil proyecto de hilvanes. Después me quitó lentamente el saco, lo depositó sobre el maniquí. Qué bien le quedaba. «Usted quiere saber, ¿verdad?» Yo estaba seguro de que no me miraba con rencor, ni vergüenza, ni nada que no fuera una exhausta, sufrida piedad. «Usted la conoció, usted la quería, y estará atormentado. Yo sé cómo se siente. Siente que su corazón es una cosa enorme que empieza en el estómago y acaba en la garganta. Se siente desgraciado, y feliz de sentirse desgraciado. Yo sé qué horrible es eso.» Hablaba como si se hubiera reencontrado con un antiguo confidente, pero también hablaba con algo más que su dolor actual. «Hace veinte años se me murió alguien. Alguien que era todo. Pero no se murió con esta muerte. Simplemente, se fue. Del país, de mi vida, sobre todo de mi vida. Es peor esa muerte, se lo aseguro. Porque fui yo quien pedí que se fuera, y hasta ahora nunca me lo perdoné. Es peor esa muerte, porque una queda aprisionada en el propio pasado, destruida por el propio sacrificio.» Se pasó una mano por la nuca y yo pensé que iba a decir: «No sé por qué le cuento a usted estas cosas.» Pero en cambio agregó: «Laura era lo último que me quedaba de él. Por eso siento otra vez que el corazón es una cosa enorme que empieza en el estómago y acaba en la garganta. Por eso sé lo que usted está pasando.» Acercó una silla y se sentó extenuada. Yo pregunté: «Y ella, ¿qué sabía de eso?» «Nada», dijo.

«Laura no sabía absolutamente nada. Yo soy la única dueña de mi historia. Pobre orgullo, ¿verdad?» De pronto me acordé: «¿Y su teoría de la felicidad?» Sonrió, casi indefensa: «¿También le contó eso? Fue una hermosa mentira, un cuento de hadas para que mi hija no perdiera pie, para que mi hija se sintiera vivir. Fue el mejor regalo que le hice. Pobrecita.» Lloraba con los ojos en alto, sin pasarse las manos por la cara, lloraba con orgullo. «Pero usted quiere saber», dijo. Entonces me contó los últimos días, las últimas palabras, los últimos momentos de Avellaneda. Pero eso nunca será anotado. Eso es Mío, incorruptiblemente Mío. Eso estará esperándome en la noche, en todas las noches, para cuando yo retome el hilo de mi insomnio, y diga: «Amor.»

Viernes 14 de febrero

«Se quieren, de eso estoy segura», decía Avellaneda acerca de sus padres, «pero no sé si ése es el modo de quererse que a mí me gusta».

Sábado 15 de febrero

El amigo de Esteban me telefoneó para avisarme que mi jubilación está pronta. El 1.º de marzo ya no iré a la oficina.

Domingo 16 de febrero

Esta mañana fui a buscar el traje. El señor Avellaneda estaba terminando de plancharlo. La fotografía llenaba la habitación y yo no pude dejar de

mirarla. «Es mi hija», dijo, «mi única hija». No sé
qué le contesté ni me importa acordarme. «Murió hace
poco.» Otra vez volví a escucharme pronunciar: «Lo
siento.» «Cosa curiosa», agregó en seguida, «ahora
pienso que estuve ajeno a ella, que nunca le demostré
cuánto la necesitaba. Desde que era chiquilina fui pos-
tergando la gran charla que me había prometido tener
con ella. Primero yo no tenía tiempo, después ella
empezó a trabajar, y, además, soy bastante cobarde.
Me asusta un poco, ¿sabe?, sentirme sentimental. Lo
cierto es que ahora no está y yo me he quedado con
esa carga en el pecho, con esas palabras nonatas que
hubieran podido ser mi salvación.» Por un momento
dejó de hablar y contempló la foto. «Muchas veces
pensé que ella no había heredado ni un solo rasgo
mío. ¿Usted le encuentra alguno?» «Un aire general»,
mentí. «Puede ser. Pero en el alma sí era como yo.
Mejor dicho, como fui yo. Porque ahora me siento
vencido, y cuando uno se deja vencer, se va deforman-
do, se va convirtiendo en una grosera parodia de sí
mismo. Mire, esta muerte de mi hija fue una mala
jugada. Del destino o del médico, no sé bien. Pero
estoy seguro de que fue una mala jugada. Si usted la
hubiera conocido, se daría cuenta de lo que quiero
decirle.» Yo pestañeé unas diez veces seguidas, pero
él no ponía atención. «Sólo en una mala jugada se
puede liquidar a una muchacha así. Era (¿cómo puedo
explicarle?) un ser limpio y a la vez intenso y a la vez
pudoroso de su intensidad. Era un encanto. Yo siempre estuve convencido de que no merecía esa hija. La
madre sí la merecía, porque Rosa es un carácter, Rosa
es capaz de enfrentarse con el mundo. Pero a mí me
falta decisión, me falta estar seguro. ¿Usted ha pensado alguna vez en el suicidio? Yo sí. Pero nunca podré. Y eso también es una carencia. Porque yo tengo

todo el cuadro mental y moral del suicida, menos la fuerza que se precisa para meterse un tiro en la sien. Tal vez el secreto resida en que mi cerebro tiene algunas necesidades propias del corazón, y mi corazón algunas exquisiteces propias del cerebro.» Otra vez se quedó inmóvil, esta vez con la plancha en alto, mirando la foto. «Fíjese en los ojos. Fíjese cómo siguen mirando, por sobre la costumbre, por sobre su muerte. Si hasta parece que lo miran a usted.» La frase quedó sola. Yo quedé sin aliento. El se quedó sin tema. «Bueno, ya está», dijo doblando cuidadosamente el pantalón, «es una buena tela peinada. Mire qué bien se plancha».

Martes 18 de febrero

No iré más al 368. En realidad, no puedo ir más.

Jueves 20 de febrero

Hace tiempo que no veo a Aníbal. No sé nada de Jaime. Esteban se limita a hablarme de temas generales. Vignale me llama a la oficina y yo hago decir que no estoy. Quiero estar solo. A lo sumo, hablar con mi hija. Y hablar de Avellaneda, claro.

Domingo 23 de febrero

Hoy, después de cuatro meses, estuve en el apartamento. Abrí el ropero. Estaba su perfume. Eso qué importa. Lo que importa es su ausencia. En algunas ocasiones, no puedo captar los matices que separan la inercia de la desesperación.

Lunes 24 de febrero

Es evidente que Dios me concedió un destino oscuro. Ni siquiera cruel. Simplemente oscuro. Es evidente que me concedió una tregua. Al principio, me resistí a creer que eso pudiera ser la felicidad. Me resistí con todas mis fuerzas, después me di por vencido y lo creí. Pero no era la felicidad, era sólo una tregua. Ahora estoy otra vez metido en mi destino. Y es más oscuro que antes, mucho más.

Martes 25 de febrero

A partir del primero de marzo, no llevaré más esta libreta. El mundo ha perdido su interés. No seré yo quien registre ese hecho. Hay un solo tema del que podría escribir. Pero no quiero.

Miércoles 26 de febrero

Cómo la necesito. Dios había sido mi más importante carencia. Pero a ella la necesito más que a Dios.

Jueves 27 de febrero

En la oficina me quisieron dar una despedida y no acepté. Para no incurrir en grosería, armé una excusa muy verosímil, a base de problemas familiares. La verdad es que no puedo imaginarme como el desabrido motivo de una cena alegre, ruidosa, con bombardeos de pan, y vino derramado.

Viernes 28 de febrero

Ultimo día de trabajo. Nada de trabajo, claro. Me lo pasé dando apretones de manos, recibiendo abrazos. Creo que el gerente desbordaba de satisfacción y que Muñoz estaba realmente conmovido. Allí quedó mi mesa. Nunca pensé que me importara tan poco desprenderme de la rutina. Los cajones quedaron vacíos. En uno de ellos encontré un carnet de Avellaneda. Ella lo había dejado para que registráramos el número en su ficha personal. Me lo puse en el bolsillo y aquí está. La foto debe tener unos cinco años, pero hace cuatro meses ella era más linda. Otra cosa ha quedado en claro y es que la madre está en un error: yo no me siento feliz de sentirme desgraciado. Me siento simplemente desgraciado. Se acabó la oficina. Desde mañana y hasta el día de mi muerte, el tiempo estará a mis órdenes. Después de tanta espera, esto es el ocio. ¿Qué haré con él?

Montevideo, enero a mayo de 1959.

La Tregua terminó de imprimirse en abril de
2002, en Litográfica Ingramex, S.A. de C.V.
Centeno 162, Col. Granjas Esmeralda, C.P.
09810, México, D.F.